# TILLIE COLE

# ENLACE SOMBRIO

*Série Hades Hangmen*

Traduzido por Mariel Westphal

1ª Edição

2021

| | |
|---|---|
| **Direção Editorial:** | **Revisão final:** |
| Anastácia Cabo | Equipe The Gift Box |
| **Gerente Editorial:** | **Arte de Capa:** |
| Solange Arten | Damonza Book Cover Design |
| **Tradução:** | **Adaptação da Capa:** |
| Mariel Westphal | Bianca Santana |
| **Preparação de texto:** | **Diagramação:** |
| Marta Fagundes | Carol Dias |

Copyright © Tillie Cole, 2017
Copyright © The Gift Box, 2020
Todos os direitos reservados.

Nenhuma parte do conteúdo desse livro poderá ser reproduzida em qualquer meio ou forma — impresso, digital, áudio ou visual — sem a expressa autorização da editora sob penas criminais e ações civis.

Esta é uma obra de ficção. Nomes, personagens, lugares e acontecimentos descritos são produtos da imaginação da autora. Qualquer semelhança com nomes, datas ou acontecimentos reais é mera coincidência.

Este livro segue as regras da Nova Ortografia da Língua Portuguesa.

CIP-BRASIL. CATALOGAÇÃO NA PUBLICAÇÃO
SINDICATO NACIONAL DOS EDITORES DE LIVROS, RJ
Camila Donis Hartmann - Bibliotecária - CRB-7/6472

---

C655e

Cole, Tillie
　　Enlace sombrio / Tillie Cole ; tradução Mariel Westphal. - 1. ed. - Rio de Janeiro : The Gift Box, 2021.
　　64 p.

Tradução de: I do, babe
ISBN 978-65-5636-083-6

1. Ficção inglesa. I. Westphal, Mariel. II. Título.

21-70750　　　　CDD: 823
　　　　　　　　　CDU: 82-3(410)

---

*Para Styx e Mae.*
*Obrigada por inspirarem esta série.*

TILLIE COLE

# GLOSSÁRIO
*(Não segue a ordem alfabética)*

Para sermos fiéis ao mundo criado pela autora, achamos melhor manter alguns termos referentes ao Moto Clube no seu idioma original. Recomendamos a leitura do Glossário.

### Terminologia A Ordem

**A Ordem:** *Novo Movimento Religioso Apocalíptico. Suas crenças são baseadas em determinados ensinamentos cristãos, acreditando piamente que o Apocalipse é iminente. Liderada pelo Profeta David (que se autodeclara como um Profeta de Deus e descendente do Rei David), pelos anciões e discípulos. Sucedido pelo Profeta Cain (sobrinho do Profeta David).*

*Os membros vivem juntos em uma comuna isolada; baseada em um estilo de vida tradicional e modesto, onde a poligamia e os métodos religiosos não ortodoxos são praticados. A crença é de que o 'mundo de fora' é pecador e mau. Sem contato com os não-membros.*

**Comuna:** *Propriedade da Ordem e controlada pelo Profeta David. Comunidade segregada. Policiada pelos discípulos e anciões e que estoca armas no caso de um ataque do mundo exterior. Homens e mulheres são mantidos em áreas separadas na comuna. As Amaldiçoadas são mantidas longe de todos os homens (à exceção dos anciões) nos seus próprios quartos privados. Terra protegida por uma cerca em um grande perímetro.*

**Nova Sião:** *Nova Comuna da Ordem. Criada depois que a antiga comuna foi destruída na batalha contra os Hades Hangmen.*

**Os Anciões da Ordem (Comuna Original):** *Formado por quatro homens; Gabriel (morto), Moses (morto), Noah (morto) e Jacob (morto). Encarregados do dia a dia da comuna. Segundos no Comando do Profeta David (morto). Responsáveis por educar a respeito das Amaldiçoadas.*

**Conselho dos Anciões da Nova Sião:** *Homens de posição elevada na Nova Sião, escolhidos pelo Profeta Cain.*

**A Mão do Profeta:** *Posição ocupada pelo Irmão Judah (morto), irmão gêmeo de Cain. Segundo no comando do Profeta Cain. Divide a administração da Nova Sião e de qualquer decisão religiosa, política ou militar, referente a Ordem.*

**Guardas Disciplinares:** *Membros masculinos da Ordem. Encarregados de proteger a propriedade da comuna e os membros da Ordem.*

**A Partilha do Senhor:** *Ritual sexual entre homens e mulheres membros da Ordem. Crença de que ajuda o homem a se aproximar do Senhor. Executado em cerimônias em massa. Drogas geralmente são usadas para uma experiência transcendental. Mulheres são proibidas de sentir prazer, como punição por carregarem o pecado original de Eva, e devem participar do ato quando solicitado como parte de seus deveres religiosos.*

**O Despertar:** *Ritual de passagem na Ordem. No aniversário de oito anos de uma garota, ela deve ser sexualmente "despertada" por um membro da comuna ou, em ocasiões especiais, por um Ancião.*

**Círculo Sagrado:** *Ato religioso que explora a noção do 'amor livre'. Ato sexual com diversos parceiros em áreas públicas.*

**Irmã Sagrada:** *Uma mulher escolhida da Ordem, com a tarefa de deixar a comuna para espalhar a mensagem do Senhor através do ato sexual.*

**As Amaldiçoadas:** *Mulheres/Garotas na Ordem que são naturalmente bonitas e que herdaram o pecado em si. Vivem separadas do restante da comuna, por representarem a tentação para os homens. Acredita-se que as Amaldiçoadas farão com que os homens desviem do caminho virtuoso.*

**Pecado Original:** *Doutrina cristã agostiniana que diz que a humanidade é nascida do pecado e tem um desejo inato de desobedecer a Deus. O Pecado Original é o resultado da desobediência de Adão e Eva perante Deus, quando ambos comeram o fruto proibido no Jardim do Éden. Nas doutrinas da Ordem (criadas pelo Profeta David), Eva é a culpada por tentar Adão com o pecado, por isso as irmãs da Ordem são vistas como sedutoras e tentadoras e devem obedecer aos homens.*

**Sheol:** *Palavra do Velho Testamento para indicar 'cova' ou 'sepultura' ou então 'Submundo'. Lugar dos mortos.*

**Glossolalia:** *Discurso incompreensível feito por crentes religiosos durante um momento de êxtase religioso. Abraçando o Espírito Santo.*

**Diáspora:** *A fuga de pessoas das suas terras natais.*

**Colina da Perdição:** *Colina afastada da comuna, usada para retiro dos habitantes da Nova Sião e para punições.*

**Homens do Diabo:** *Usado para fazer referência ao Hades Hangmen MC.*

**Consorte do Profeta:** *Mulher escolhida pelo Profeta Cain para ajudá-lo sexualmente. Posição elevada na Nova Sião.*

**Principal Consorte do Profeta:** *Escolhida pelo Profeta Cain. Posição elevada na Nova Sião. A principal consorte do profeta e a mais próxima a ele. Parceira sexual escolhida.*

**Meditação Celestial:** *Ato sexual espiritual. Acreditado e praticado pelos membros da Ordem. Para alcançar uma maior conexão com Deus através da liberação sexual.*

**Repatriação:** *Trazer de volta uma pessoa para a sua terra natal. A Repatriação da Ordem envolve reunir todos os membros da fé, de comunas distantes, para a Nova Sião.*

**Primeiro Toque:** *O primeiro ato sexual de uma mulher virgem.*

## Terminologia Hades Hangmen

**Hades Hangmen:** *um porcento de MC Fora da Lei. Fundado em Austin, Texas, em 1969.*

**Hades:** *Senhor do Submundo na mitologia grega.*

**Sede do Clube:** *Primeiro ramo do clube. Local da fundação.*

**Um Porcento:** *Houve o rumor de que a Associação Americana de Motociclismo (AMA) teria afirmado que noventa e nove por cento dos motociclistas civis eram obedientes às leis. Os que não seguiam às regras da AMA se nomeavam 'um porcento' (um porcento que não seguia as leis). A maioria dos 'um porcento' pertencia a MCs Foras da Lei.*

**Cut:** *Colete de couro usado pelos motociclistas foras da lei. Decorado com emblemas e outras imagens com as cores do clube.*

**Oficialização:** *Quando um novo membro é aprovado para se tornar um membro efetivo.*

**Church:** *Reuniões do clube compostas por membros efetivos. Lideradas pelo Presidente do clube.*

**Old Lady:** *Mulher com status de esposa. Protegida pelo seu parceiro. Status considerado sagrado pelos membros do clube.*

**Puta do Clube:** *Mulher que vai aos clubes para fazer sexo com os membros dos ditos clubes.*

**Cadela:** *Mulher na cultura motociclista. Termo carinhoso.*

**Foi/Indo para o Hades:** *Gíria. Refere-se aos que estão morrendo ou mortos.*

**Encontrando/Foi/Indo para o Barqueiro:** *Gíria. Os que estão morrendo/mortos. Faz referência a Caronte na mitologia grega. Caronte era o barqueiro dos mortos, um daimon (espírito). Segundo a mitologia, ele transportava as almas para Hades. A taxa para cruzar os rios Styx (Estige) e Acheron (Aqueronte) para Hades era uma moeda disposta na boca ou nos olhos do morto no enterro. Aqueles que não pagavam a taxa eram deixados vagando pela margem do rio Styx por cem anos.*

**Snow:** *Cocaína.*

**Ice:** *Metanfetamina.*

**Smack:** *Heroína.*

## A Estrutura Organizacional do Hades Hangmen

**Presidente (Prez):** *Líder do clube. Detentor do Martelo, que era o poder simbólico e absoluto que representava o Presidente. O Martelo é usado para manter a ordem na Church. A palavra do Presidente é lei no clube. Ele aceita conselhos dos membros sêniores. Ninguém desafia as decisões do Presidente.*

**Vice-Presidente (VP):** *Segundo no comando. Executa as ordens do Presidente. Comunicador principal com as filiais do clube. Assume todas as responsabilidades e deveres do Presidente quando este não está presente.*

**Capitão da Estrada:** *Responsável por todos os encargos do clube. Pesquisa, planejamento e organização das corridas e saídas. Oficial de classificação do clube, responde apenas ao Presidente e ao VP.*

**Sargento de Armas:** *Responsável pela segurança do clube, policia e mantém a ordem nos eventos do mesmo. Reporta comportamentos indecorosos ao Presidente e ao VP. Responsável por manter a segurança e proteção do clube, dos membros e dos Recrutas.*

**Tesoureiro:** *Mantém as contas de toda a renda e gastos. Além de registrar todos os emblemas e cores do clube que são feitos e distribuídos.*

**Secretário:** *Responsável por criar e manter todos os registros do clube. Deve notificar os membros em caso de reuniões emergenciais.*

**Recruta:** *Membro probatório do MC. Participa das corridas, mas não da Church.*

**Pronunciação de Charon** — *(Care-RON), (Keir-RON) ou (Kare-RON). Inspirado no barqueiro mitológico grego do Rio Styx, não na lua de Plutão, que é pronunciada de forma diferente.*

# PRÓLOGO

## STYX

*Complexo do Hangmen, Austin, Texas*

*Doze anos de idade...*

— Porra! Viu os peitos dela?
Olhei para o outro lado do pátio para ver para quem Ky estava apontando. Uma puta do clube loira sentada no colo do meu velho.
— Esse é o tipo de cadela com quem vou me casar. Alta, loira, gostosa e com peitos enormes. — Ele deu os ombros. — Isso se eu casar. Não tenho certeza se quero uma bola de aço acorrentada ao meu tornozelo por toda a minha vida. Eu quero uma vida descomplicada, sem amarras, e uma cadela que chupe meu pau sempre que eu mande.
Eu ri e balancei a cabeça. Ele sempre foi assim.
— E você? — perguntou com aquele sorriso arrogante do caralho.
— Cabelo preto. Pele pálida e olhos azul-claros de lobo — sinalizei.
O sorriso de Ky sumiu na mesma hora e ele inclinou a cabeça para trás dramaticamente.
— Argh! Essa merda de novo, não!
— Eu respondi a sua maldita pergunta. É com quem vou casar. A cadela com olhos de lobo que conheci do outro lado da cerca. — *"Eu poderia falar com ela, idiota. Você sabe o que isso significa para mim?"* Eu queria acrescentar... mas não o fiz.
— Sim, bem, boa sorte em encontrá-la, Styx. Ainda estou convencido de que você foi picado por uma cobra no mato e alucinou a coisa toda.

**TILLIE COLE**

— Sobre o que vocês dois estão falando? — Meu pai estava diante de nós. Ele tinha chupões por todo o pescoço e o batom vermelho de sua mais nova puta manchando sua boca.

— Casamento — Ky disse.

Meu pai franziu a testa.

— Melhor que não seja um com o outro. Bichas não são bem-vindas na porra do meu clube.

— Sim — Ky respondeu, seco. — Sempre quero mais da porra do Styx na minha boca. Tem gosto de chocolate.

Meu pai deu um tapa na cabeça de Ky.

— Ai! — ele sibilou e ergueu a mão quando meu pai voltou a bater. — Calma, porra. Eu só estava dizendo que gostei da puta do clube com quem você estava. Gostosa. Belos peitos. Toda essa merda.

— É? — Meu pai encolheu os ombros. — Eu vou terminar com ela hoje à noite. Depois disso, coma a sua boceta o quanto quiser. — Ele riu. — Se o seu pau for grande o suficiente para preencher o buraco.

Ky sorriu e ergueu as sobrancelhas.

— Bem grande, Prez. E ela saberá disso quando eu a fizer gritar.

Os olhos do meu pai focaram em mim.

— E você? Com quem diabos meu filho retardado e mudo disse que se casaria?

Encarei o filho da puta com olhos duros, nem me preocupando em responder à sua pergunta.

— Olhos de lobo — Ky respondeu. Encarei o idiota, irritado, mas ele apenas piscou para mim e mostrou a língua. Ele sabia que tinha acabado de me jogar na merda.

— Isso de novo, não — meu pai reclamou. — Não só tenho um filho retardado, mas que também é obcecado por uma putinha com quem sonhou do nada. — Ele balançou a cabeça e se abaixou. — Vou dizer uma coisa a vocês, seus filhos da puta: nunca se casem. Esse foi o pior erro que já cometi. — Ele apontou para mim. — A mãe dele era uma puta do clube, e uma vez que ela fugiu com aquela escória do Diablo e eu, finalmente, a matei, fiquei livre pra caralho. Agora eu tenho toda a boceta que quero. Essa é a vantagem de ser o prez do melhor MC que este país já viu. — Ele olhou novamente para mim. E então o idiota continuou rindo até que voltou para o pai de Ky e sua vagabunda para passar a noite.

— Styx... — Antes que Ky pudesse falar, eu estava fora do meu banco e indo em direção ao clube. E estava muito pau da vida. — Styx! — Ky gritou mais alto. — Eu só estava brincando com você, irmão! — Mas eu mostrei o dedo do meio para ele e o mantive à mostra até que virei a esquina e sumi de vista.

O mural de Hades e Perséfone que enfeitava a parede do nosso clube olhou para mim. Eu me aproximei, encarando Perséfone. A cadela tinha um longo cabelo negro e olhos azul-claros... porra de olhos de lobo, como aquela cadela do outro lado atrás da cerca.

ENLACE SOMBRIO

*Ela era real.*

*Eu sabia que era.*

*Enquanto eu olhava para Perséfone – a imagem perfeita de como Olhos de Lobo seria quando fosse mais velha –, eu sabia que não havia imaginado nada. Eu a tinha visto – chorando, pele pálida, cabelo escuro, olhos azuis, usando um maldito vestido cinza. E quando olhei para Perséfone com Hades, o filho da puta parecido comigo, eu sabia que iria encontrá-la novamente.*

*Porque eu falei com ela.*

*A cadela com olhos de lobo...*

**TILLIE COLE**

# CAPÍTULO UM

**STYX**

*Várias semanas antes do casamento...*

Joguei meu *cut* na mesa da cozinha e alonguei o pescoço. Meus ombros estavam rígidos de todos os malditos pesos que eu tinha levantado na academia, e eu estava cansado pra caralho das corridas que havíamos feito ultimamente.

Os contratos das armas estavam de volta, cortesia do sumiço da seita. Cada filho da puta que nos deixou, acabou voltando rastejando com o rabo entre as pernas, praticamente se oferecendo para chupar nossos paus. Então eu fiz o que qualquer bom *prez* faria. Cobrei o dobro dos traidores filhos da puta e cuspi em seus rostos nojentos.

O dinheiro estava entrando.
As merdas do clube estavam se acalmando.
Os recrutas estavam indo bem.
A vida voltou ao normal.
E eu ainda não conseguia falar.

Tirei as botas, puxei a camiseta pela cabeça e a larguei no chão. Peguei uma cerveja na geladeira e fui da cozinha para a sala. Deitada no sofá, dormindo profundamente, estava Mae. Dei um gole na bebida e me aproximei dela. Seu cabelo preto estava espalhado sobre uma das almofadas ridículas que ela colocou ao redor da cabana para torná-la mais "caseira" ou algo assim.

Ela usava um longo vestido preto sem mangas e meu *cut*, com o meu maldito nome bordado nas costas. Sua boca estava ligeiramente entreaberta, os lábios rosados fazendo beicinho apenas esperando que minha boca o devorasse.

Mas não fiz isso. Eu a deixei dormir, meu fodido coração sombrio despedaçando um pouco quando vi sua mão segurando sua barriga proeminente. Embalando nosso filho. Incapaz de ficar longe dessa cadela por um maldito segundo, sentei-me na beirada do sofá e afastei o cabelo de seu rosto.

Ela se mexeu, e um pequeno sorriso surgiu em sua boca. Desta vez, eu a beijei. Mas mesmo assim, Mae não acordou. Desde que engravidou, ela só queria saber era dormir, quase incapaz de acordar durante uma maldita tempestade. Mesmo eu, o bastardo miserável que era, não pude deixar de sorrir quando ela nem mesmo piscou.

Eu amava essa cadela. A melhor coisa que já aconteceu comigo.

Bebendo minha cerveja, avistei um bloco de notas na mesa lateral. Eu o peguei e, enquanto examinava a escrita cursiva perfeita de Mae, meu coração pulou uma batida.

> *Eu não sabia o que era a vida até encontrar você. O garoto que entrou na minha vida quando criança. O garoto sem voz que milagrosamente encontrou palavras na minha presença. O garoto que beijou minha boca, abençoando-me com o conceito estranho e inalcançável de esperança.*
>
> *O garoto a quem sempre estive destinada a amar.*
>
> *O garoto que tinha a música mais doce em seu coração, que me salvou e me mostrou o que era estar em casa...*

Larguei o bloco de notas e passei a mão pelo rosto.

Esses eram os seus votos. Seus malditos votos de casamento.

Precisando fumar mais do que respirar, atravessei a cozinha e saí pela porta. Desabei em uma cadeira na varanda e acendi um cigarro. Dei uma longa tragada e abri a boca, tentando respirar fundo para que a nicotina aquietasse meu sangue fervente.

TILLIE COLE

— Eu... Eu... R-R-Riv... Riv... Argh! — Cerrei os dentes e fechei os olhos, tentando me acalmar. Eu tentei isso todos os dias por semanas. E toda vez que eu pensava em ficar de pé na frente dos meus irmãos e da minha *old lady*, prestes a realmente falar alguma coisa, minha garganta idiota fechava, e a gagueira que nunca havia sumido da minha vida voltava para me interromper.

Dei uma tragada no cigarro e esperei a garganta relaxar; o que não aconteceu. Em vez disso, o bloco de notas de Mae veio à minha mente e suas palavras zombaram de mim como uma piada de mau gosto.

*"O garoto sem voz que milagrosamente encontrou palavras na minha presença. O garoto que beijou minha boca, abençoando-me com o conceito estranho e inalcançável de esperança..."*

Não houve milagre desta vez. Mae finalmente se tornaria minha. Ficaríamos na frente de Hades, meu clube, e talvez até mesmo de Deus, e eu não seria capaz de dizer a ela o que eu queria. Que a amava pra caralho, e que a cadela mudou a minha maldita vida. Que eu era o filho da puta mais sortudo que já andou na Terra. Só por tê-la ao meu lado. Porque eu a tinha *para sempre*.

Ela olharia para mim, em seu vestido branco, com aqueles olhos de lobo sorridentes, e eu seria um mudo do caralho. E Mae sendo Mae, já havia me dito que queria que eu sinalizasse nossos votos. Que estava tudo bem. Que ela entendia que eu não poderia falar na frente de todas aquelas pessoas.

Merda, eu quase podia ouvir meu pai rindo de mim das fogueiras do Tártaro. *"Fodido retardado"*, ele sibilaria, rindo de seu patético filho mudo, que podia matar um homem com um soco letal, mas não conseguia mexer a boca e pronunciar algumas palavras em voz alta.

— Merda, irmão. — Uma voz me fez suspirar alto em aborrecimento. — Mae recusou te dar a boceta dela ou não quis abocanhar o seu pau ou alguma merda do tipo? Você parece ótimo.

Mostrei o dedo do meio para Ky sem nem ao menos olhar para ele, e o idiota se sentou ao meu lado na outra cadeira. Quando abri os olhos, ele estava me encarando com um sorriso malicioso no rosto.

— Deixe-me adivinhar — ele zombou e tirou uma cerveja do engradado em sua mão e arrancou a tampa com os dentes. Inclinando-se para frente, ele continuou: — Você não conseguiu levantar o...? — Encolheu os ombros como o idiota que era. — Ouvi dizer que pode acontecer até nas melhores famílias. Não comigo, claro, meu pau está pronto para ação o tempo todo, como a porra do coelho Energizer dentro da minha calça.

Muito irritado para responder, acendi outro cigarro. Peguei uma cerveja do seu engradado, arranquei a tampa e bebi metade da garrafa; então inclinei a cabeça para trás para olhar para o céu noturno.

ENLACE SOMBRIO

Desta vez, quando olhei para Ky, suas sobrancelhas estavam franzidas.

— O que foi? — Não havia humor em sua voz; sua cabeça estava inclinada para o lado, me observando. — É o AK? Deu algo errado com a Klan? — Ky praticamente saltou de pé.

Agarrei seu braço e o forcei a voltar a sentar na cadeira. Ele me observou, confuso pra caralho. Abaixei a garrafa e sinalizei:

— *Não vou conseguir fazer essa merda de casamento.*

Ky me olhou como se eu fosse um fodido alienígena ou algo do tipo.

— Do que diabos você está falando?

Engoli o resto da cerveja, joguei a garrafa no jardim e observei enquanto ela se espatifava contra uma árvore.

— Mas que porra é essa?! — Ky exclamou. Eu me levantei e passei as mãos pelo cabelo.

Enfrentando meu melhor amigo, envolvi minha garganta com a mão – como se estivesse asfixiando, e sinalizei:

— *Não posso falar, caralho. Mae está toda preocupada com esse casamento, essa porra de cerimônia, e eu não consigo dizer uma palavra.* — Balancei a cabeça. — *Não consigo nem falar com você agora. Uma das únicas duas pessoas com quem posso fazer isso no mundo, porque o pensamento de falar em voz alta na frente de qualquer outra pessoa rouba todas as minhas malditas palavras.*

— Ninguém espera que você fale, seu idiota. Todos nós sabemos que você vai sinalizar.

Fechei a mão em punho e soquei uma das vigas da varanda. Fiquei olhando para as árvores e me esforcei para manter a respiração sob controle. Por fim, me virei e vi meu *VP* recostado, relaxado, em sua cadeira. Ele estava acostumado com as minhas explosões. Ky já me viu perder o controle por causa da minha voz defeituosa um milhão de vezes. Encostado na grade da varanda, sinalizei:

— *Eu quero falar. Eu... Eu quero falar nesse dia, Ky. Só por uma vez, eu quero falar direito, porra.*

Ignorei o lampejo de simpatia nos olhos dele. Se eu o aceitasse, aquilo me deixaria ainda mais fodido. Ky se levantou e parou ao meu lado na varanda. Ele me ofereceu outra cerveja.

— Então vamos fazer você falar, seu merda do caralho. — Ele deu de ombros como se não fosse nada demais.

Quando arqueei a sobrancelha e o encarei, o filho da puta estava sorrindo. Balancei a cabeça, mas não pude deixar de sorrir de volta. Perdi o foco enquanto olhava para minha cerveja recém-aberta. A porta se abriu e Mae saiu para a varanda, seu longo cabelo despenteado pelo sono. Ela bocejou, a mão segurando sua barriga inchada, então deu um sorriso gigante quando me viu.

— Pensei ter ouvido você aqui. — Mae disparou em minha direção, deslizou os braços em volta da minha cintura, a barriga cutucando a minha. Ela riu quando não conseguiu mais chegar tão perto como antes.

Beijei sua cabeça e ela se afastou. Cruzando os braços e olhando para mim e para Ky com desconfiança, Mae perguntou:

— O que aconteceu para vocês dois ficarem tão pensativos?

Ky deu de ombros.

— Eu só precisava de uma cerveja. Escapei de Grace enquanto ela tentava colocar a porra da maquiagem em mim. Quer dizer, eu sei que sou gostoso pra caralho, e que não sou páreo para ninguém, mas que se foda essa merda. Deixei Lil' Ash para ficar no meu lugar. Aquele filho da puta vai parecer uma prostituta em pouco tempo. Ele levou Madds para passar a noite com Li e Grace. Essa foi a porra da minha deixa para sair e me lembrar que na verdade tenho um par de bolas.

A gargalhada de Mae acalmou meu humor sombrio como um maldito bálsamo. Ela inclinou a cabeça para trás e prendeu a respiração.

— Você se importa se eu for vê-los também? Eu gostaria muito de testemunhar tudo isso.

— N-N-Não — consegui responder. Suas sobrancelhas franziram com suspeita. Hoje em dia, eu quase nunca gaguejava na frente dela. Era uma indicação de que algo estava errado, mas ela deixou passar. Por isso eu estava grato.

— Vou fazer o jantar para você antes de sair — ela disse e olhou para Ky. — Você gostaria de ficar para o jantar, Kyler?

— Um urso caga na floresta?

— Eu... Bem... Eu... perdão? — A porra do nariz de Mae estava franzido, me deixando louco. — Essa é uma pergunta de verdade? Não sei se os ursos fazem isso... na floresta. — Ela fez uma pausa. — Talvez... sim?

— É isso aí, doçura — Ky respondeu com uma piscada.

Quase dei um soco no idiota por brincar tanto com a minha cadela. Ele sabia que todas as cadelas da seita – incluindo sua própria maldita esposa – ainda não tinham ideia sobre uma cacetada de coisas.

— Okay — Mae respondeu, um pouco perdida. E foi isso. Antes que ela se virasse para sair, agarrei seu braço e a puxei para mim, tomando cuidado com sua barriga. Esmaguei meus lábios nos dela e mergulhei minha língua em sua boca. Mae gemeu quando eu a mantive no lugar com uma mão em sua nuca. Quando me afastei, seus olhos estavam vidrados e os lábios inchados.

— Não se preocupem comigo, porra. Estou sempre pronto para um show pornô ao vivo, crianças — Ky caçoou. Desta vez dei um soco em seu bíceps quando o rosto de Mae ficou vermelho.

ENLACE SOMBRIO

— Eu... Vou preparar o jantar — ela sussurrou.

Eu a observei se afastar. E somente quando a porta se fechou, respirei fundo.

— E-e-eu... pre-preciso f-f-falar. — Fiz uma pausa, engoli em seco, molhei a garganta com cerveja, então terminei: — Po-porra, Ky, eu p-preciso.

Arfei de exaustão quando consegui falar através da minha raiva. Quando consegui falar alguma coisa.

Uma pequena vitória nos dias de hoje.

A mão de Ky tocou meu ombro.

— Então vamos fazer você falar. Não sei como, mas faremos. — Ele me cutucou, se endireitou e disse: — Que tal eu me esconder atrás do altar e falar por você? Você apenas move sua boca sincronizando com minhas palavras e pronto! Você vai falar bem pra caralho!

Bufei uma risada de escárnio, e Ky não pôde deixar de rir de volta.

Idiota.

— Vamos terminar essas bebidas. Em seguida, abrir aquele uísque de vinte anos de idade que você escondeu no seu bar e comer o que quer que Mae nos prepare. Então trabalharemos na operação *Styx Falante*, okay?

Assenti com a cabeça e Ky e eu ficamos ali sentados. Momentos de silêncio se passaram antes do meu *VP* dizer:

— Você acha que o *Psycho Trio* e o Cowboy estão bem naquela cidade fantasma? — Sua voz não passava de um sussurro, de forma que Mae não ouvisse qualquer coisa da cozinha.

Dei de ombros e verifiquei o celular. Nenhuma mensagem, nenhuma ligação de Hush do hotel.

— *Vai saber. Agora eles estão por conta própria.* — Outra coisa que estava em minha mente. Meus homens em uma porra de paraíso da Klan sem o resto de nós. Sem contato. Eu não teria um pingo de paz até que eles estivessem de volta.

Ky se recostou na cadeira. Mas eu sabia que o irmão estava pensando na irmã de Lilah, Phebe. AK, Vike, Flame, Cowboy e Hush também. Mais merda para lidar.

E então havia o casamento. Minha voz. E agora a porra da Klan. Só mais merda para empilhar nos meus ombros.

Então, por enquanto, beberíamos e ficaríamos bêbados.

E foi exatamente isso que fizemos.

Ainda assim, minhas palavras ainda não saíram.

Não era nada novo.

**TILLIE COLE**

# CAPÍTULO DOIS

## MAE

— Mae — Bella sussurrou enquanto eu saía do provador e subia no pedestal elevado em frente às minhas amigas e irmãs. O espelho estava atrás de mim, mas ainda não havia ousado olhar meu reflexo. Olhei para Bella sentada ao lado de Ruth, sua sogra e mãe de Rider. Seus olhos se encheram de lágrimas enquanto ela me observava. Suas mãos cobriam sua boca.

— Você gostou? — Passei a mão sobre minha barriga avantajada.

Bella assentiu com a cabeça.

— Você está perfeita — ela sussurrou e Ruth concordou com a cabeça. Encarei Maddie em seguida.

— Madds?

Ela deu um sorriso caloroso.

— Você é linda, Mae, este vestido só realça isso. Impossível esse vestido combinar mais com você.

— Styx vai adorar — Lilah disse e segurou Grace com mais força em seu colo.

— Você parece uma princesa da Disney — Grace completou.

Uma mão tocou meu braço e me virei para ver Beauty atrás de mim.

— Você não vai se olhar no espelho, querida? — Ela sorriu. Esta loja pertencia a uma amiga dela, e Beauty tinha praticamente organizado o casamento todo para mim. Eu nem sabia por onde começar.

— Você está linda, Mae. — Sorri para Letti, que se mantinha sentada, desconfortável, no sofá. Ela me disse que estava aqui para me apoiar, mas que não tinha opinião em assuntos a respeito de vestidos de noiva. *Ou qualquer coisa feminina*, ela disse, afetuosamente.

— Vire-se, querida — Lilah pediu e eu assenti com a cabeça.

Eu não tinha ideia do porquê de estar tão nervosa. Eu sabia que Styx me amava e eu o amava. Eu me senti como se tivesse esperado por este dia durante toda a minha vida. Que eu estava esperando pelo dia em que finalmente o aceitaria como meu. Para sempre meu, e eu para sempre dele.

Fechando meus olhos, me virei, permitindo que Beauty me guiasse.

— Você está pronta? — ela sussurrou.

Recordei-me de mim e Styx abraçados e deitados na cama. Seus grandes braços tatuados me segurando perto enquanto conversávamos. Sua voz rouca e profunda. Então nos imaginei rindo. O infame Hangmen Mudo do Hades Hangmen, tão diferente comigo do que com os demais. Para os outros, ele era indiferente, silencioso e ameaçador. Mas para mim, ele era amoroso, atencioso e a alma mais linda do mundo.

A outra metade do meu coração.

— Eu só quero que seja perfeito — eu disse, baixinho, confessando as palavras mais para mim mesma do que para qualquer outra pessoa.

— Então você ficará muito mais do que satisfeita — Bella assegurou.

Sorri enquanto as palavras reconfortantes da minha irmã navegavam em meus ouvidos. Respirei fundo, então lentamente abri os olhos e encarei a mulher que olhava de volta pelo reflexo. Arfei, em silêncio, quando a vi, olhos azuis brilhantes, cabelo preto puxado para trás. O tecido branco radiante quase celestial contra sua pele pálida.

— Bem? — Bella ficou ao meu lado. Eu queria ver a expressão em seus olhos, mas não conseguia desviar o olhar da garota no espelho.

— É perfeito — sussurrei e observei meu reflexo da cabeça aos pés. O vestido caía no chão como uma cascata de seda e renda. O material imaculado abraçava cada centímetro do meu corpo. Minhas mãos alisaram minha barriga arredondada. — Eu gosto disto — comentei e tive que lutar contra as lágrimas. — Gosto de pensar que meu filho ou filha esteja presente quando me casei com seu pai. Gosto que as pessoas vejam o produto de nosso amor no altar junto com nossas promessas eternas. — Então meus olhos continuaram sua jornada. O corpete terminava acima dos meus seios, deixando meus braços livres. Eles estavam cobertos com as melhores rendas, que caíam dos meus ombros.

Em seguida, olhei para o meu cabelo, que estava penteado para trás. Clipes em formato de folhas feitas de diamantes delicados se destacavam contra meu cabelo preto como estrelas brilhando no céu noturno. Brincos de diamante brilharam em minhas orelhas.

— Uma última coisa. — Beauty ficou atrás de mim. Observei pelo espelho enquanto ela colocava um véu de renda que ia até o chão em meu cabelo. Ela ajeitou o material em volta dos meus ombros e tive que limpar uma lágrima perdida da minha bochecha.

— Eu não poderia ter pedido mais nada — sussurrei e me virei para encarar minhas irmãs, Letti e Ruth.

Bella, Lilah e Maddie também estavam chorando. Encarei minhas irmãs com absoluto alívio por elas estarem aqui. Bella se levantou do sofá e parou diante de mim, segurando minhas mãos. Meus dedos roçaram sua aliança de casamento. Ela deve ter visto o sorriso feliz no meu rosto porque também sorriu.

— Isso vai lhe dar um tipo de paz que você nunca poderia imaginar — ela disse e baixou os olhos. Eu soube naquele momento que ela estava imaginando Rider. E Bella estava certa. Eu os testemunhei juntos. Eles se encaixavam, cada um sendo o complemento perfeito do outro.

Em paz.

— Eu sei que você já tem isso com Styx. E alguns argumentariam que um casamento não poderia fortalecer o que já era uma base sólida, para início de conversa. — Ela encolheu os ombros e me encarou. — Mas algo mudará em seu coração, um abraço espiritual em sua alma. E isso vai mudar você. Para sempre.

— É verdade — Maddie concordou e veio ficar ao lado de Bella. Minha irmã tímida e reservada corou. — Tê-los jurando amar você para sempre é algo que nos muda irreversivelmente. Vocês dois. Styx também, assim como Flame.

Por fim, Lilah se postou do outro lado de Bella.

— Depois de tudo o que vivemos, vai simplesmente enchê-la de calma. Uma calma inebriante, Mae. Tanta serenidade.

Eu tinha jurado me casar com Styx somente quando minhas irmãs estivessem seguras. E aqui estavam elas, todas felizes e livres, diante de mim.

— Eu mal posso esperar. — Tive que lutar contra as lágrimas que ameaçavam cair. — Agora — comentei e soltei as mãos de Bella —, precisamos vê-las em seus vestidos de damas de honra.

Grace ficou ao lado de Lilah e eu acariciei seu rosto.

— E você, senhorita, em seu vestido de daminha.

— Sim! — Grace exclamou e seguiu Beauty para os provadores. Minhas irmãs as seguiram e eu as observei partir. Maddie, Lilah e Grace seriam minhas damas de honra. Bella seria minha madrinha.

Eu me virei e estudei meu reflexo novamente. Perguntei-me o que Styx pensaria no momento em que me visse no outro lado do corredor. Eu me

ENLACE SOMBRIO

perguntei o que estaria passando por sua cabeça.

Então meu sorriso sumiu quando pensei em suas atitudes nesses últimos dias. Pensei em como ele estava sinalizando mais, mesmo quando estávamos só nós dois. Sentado, pensativo e sozinho, na nossa varanda. Perturbado. Styx estava preocupado. Mas eu não sabia o motivo.

Rezei para que não fosse sobre o casamento... que não fosse eu...

— Atenção, Mae — Letti chamou do sofá.

Minhas irmãs e Grace estavam vindo dos provadores. Não pude deixar de sorrir abertamente quando as vi. Todas elas trajavam vestidos azul-claros idênticos. Eu queria escolher a cor favorita de Styx: a cor dos meus olhos. Seus cabelos estavam soltos e delicadas coroas de flores brancas adornavam suas cabeças. Grace estava vestida de branco, com uma cesta nas mãos. No dia do casamento, estaria cheia de pétalas. Minhas irmãs se reuniram ao meu redor no pedestal, e todas nós olhamos para o espelho.

— Seu pai ficará muito orgulhoso de levá-la até o altar, Mae — Ruth falou.

Virei-me para encará-la no sofá, meu coração inchando com o pensamento de Stephen me entregando a Styx. Todas nos tornamos muito próximas de ambos ultimamente – Bella, Maddie e até mesmo Lilah e Grace. Ruth era afetuosa e atenciosa. Stephen era bom e gentil. E ele estava muito orgulhoso das mulheres que nos tornamos. Eu sabia pela expressão emocionada no rosto de Ruth, que Stephen estava animado com este dia, assim como eu.

Voltando-me para o espelho, olhei para todas nós em nossos vestidos. Respirei fundo, deixando a felicidade me dominar.

— Eu adoro isso — eu disse e os rostos das minhas irmãs se iluminaram. — É exatamente como sempre sonhei.

— Assim como o seu noivo — Bella disse e a encarei. — O seu sonho. O garoto que você conheceu do outro lado da cerca.

— Sim — concordei e sorri.

O garoto que me deu meu primeiro beijo.

**TILLIE COLE**

# CAPÍTULO TRÊS

**STYX**

Abri a porta da minha cabana para ver Ky na varanda.

— *Phebe?* — sinalizei, perguntando.

— Ainda não — ele respondeu e olhou na direção da casa de AK. — Ele me mandou uma mensagem dizendo que ela está superando, e que vai me avisar quando estiver bem. E espero que seja logo. Posso dizer que Li está farejando no meu pescoço quando digo a ela que não estou pensando em nada.

Assenti com a cabeça e sinalizei:

— *Por que você está aqui?*

Ky colocou a mão sobre o coração.

— Porra, que dor, *Prez*! O seu melhor amigo não pode simplesmente vir dizer um oi?

Arqueei uma sobrancelha e ele riu, botando a língua para fora, como se estivesse lambendo a boceta de Li ou algo assim. Soltei um suspiro e ele disse:

— Tudo bem. Estou aqui porque sua bunda gaguejante está vindo comigo.

— *Por quê?*

— Apenas pegue a porra do seu *cut* e vamos, idiota.

Peguei o *cut*, calcei as botas e fui para minha Harley. Ky arrancou primeiro e pilotou pela estrada de chão até a sede do clube. Eu parei ao lado dele e o segui para dentro.

— *Prez* — Vike cumprimentou, sentado ao bar, com uma puta do clube em seu colo. Smiler se sentou ao lado dele, junto com Tank, Tanner e Bull. Os três últimos se levantaram quando entramos e seguiram Ky e a mim para a *church*.

Permaneci de pé enquanto Tank, Tanner e Bull tomavam suas cadeiras, em seguida, viraram confusos para Ky. Ele me entregou uma folha de papel e se sentou em sua cadeira de *VP*, como de costume. Olhei para o papel e vi os mesmos votos genéricos de casamento que Ky havia falado em seu casamento com Li. E, assim, senti o sangue drenar do meu rosto. Quando olhei para Ky, ele sorriu, apontou para Tank, Tanner e Bull realmente confusos, e me informou:

— Somos suas cobaias de prática.

Olhei para meu *VP*. Quando encarei Tank, Tanner e Bull, os filhos da puta estavam se mexendo, desconfortavelmente, em suas cadeiras. Pelo menos eu não teria que matá-los assim como meu melhor amigo idiota por me armar essa armadilha.

— Porra, Ky — Tank murmurou enquanto balançava a cabeça. — Foi para isso que você nos chamou aqui?

— Não parece que o *prez* quer fazer uma porra de show hoje. — Bull se levantou para dar o fora.

— Ele quer falar em seu casamento. — Ky olhou para o samoano para que se sentasse novamente. Ele se virou para mim. — Você quer. Então, pratique agora. Não nos importamos que você gagueje. Ninguém aqui teria coragem de tirar sarro com a sua cara pelo seu discurso de qualquer maneira; o grande Hangmen Mudo e toda essa merda. Todos nós meio que gostamos de nossos paus. Principalmente o meu que é enorme.

Eu ia matá-lo. De uma maneira realmente lenta e dolorosa, e ferrar com a porra da sua cara de garoto bonito.

— Leia — Ky ordenou e se inclinou sobre o centro da mesa para pegar o uísque. Ele serviu um copo e o deslizou em minha direção. Ainda olhando para o filho da puta, silenciosamente prometendo a ele uma tonelada de dor mais tarde, bebi a dose de uma vez só e bati o copo vazio na mesa. Andei de um lado para o outro enquanto meus irmãos ficavam em silêncio e apenas observavam.

A cada passo, sentia uma cobra apertar minha garganta. Mas eu li os malditos votos de qualquer maneira, soando as palavras na minha cabeça. Passei as mãos pelo meu cabelo e tentei me manter sob controle.

*Porra, Styx. Vai logo, caralho.* Então parei e, ignorando a garganta apertada e a porra do tremor das minhas mãos, passei a língua ao longo dos meus lábios e disse algumas malditas palavras:

— Eu... — Balancei a cabeça quando rosnei a primeira palavra. Minha garganta fechou e impediu as palavras antes de eu mal começar. Apertei o papel com mais força em minhas mãos e tentei novamente. Nada saiu, apenas hálito quente quando meus lábios se separaram. Outro copo com uísque deslizou em minha direção e eu nem sequer levantei o olhar para ver quem o havia servido. Eu bebi o líquido e fechei os olhos, tentando me acalmar.

Tentei me imaginar na porra do altar e ver Mae de branco caminhar em minha direção. Seu lindo sorriso e seus olhos de lobo. Abri minha boca.

— E-e-eu... R-R-River, a-a-a... — Sem nem mesmo olhar para meus irmãos, chutei a cadeira e a joguei contra a parede. Saí da sala e entrei no clube.

— A sua menstruação desceu, *Prez*? — Vike me chamou. Eu nem parei para dar um soco na sua cara ruiva.

Constrangimento e raiva correram através de mim como lava. Eu estava correndo em direção à minha moto quando uma mão pousou no meu braço. Virei na mesma hora e fechei a mão em volta do pescoço de Ky. Eu o conduzi para trás até que esmaguei suas costas contra a parede mais próxima.

— Styx — ele disse, com as mãos estendidas. — Eu só estava tentando ajudar, porra.

— N-n-não — rosnei, e, em seguida, o soltei para que eu pudesse sinalizar: — *Não me venha com essa merda de novo, Ky, ou juro pelo maldito Hades que cortarei sua garganta. Melhor amigo ou não. Eu juro que vou matar você.*

— Eu estava tentando ajudar. Isso está acabando com você, idiota. Eu te conheço a vida toda. Não pense que não consigo ver como isso está afetando você.

Antes que eu pudesse responder, o celular de Ky tocou. Ele atendeu imediatamente.

— Ela está? — Ele assentiu com a cabeça, suspirando de alívio. — Obrigado, cara. Agradeço tudo o que você fez por ela. — Ky voltou a guardar o celular na calça, mas eu já estava indo para minha moto. Passei a perna por cima do banco e Ky gritou: — Era o AK. Phebe está fora de perigo. Preciso ir buscar a Li. Ela vai encontrar a irmã novamente amanhã.

Ainda irritado, levantei o dedo médio e saí acelerando pelo chão de terra. Poeira e pedra subiram no meu rastro, e eu simplesmente dirigi ao longo do caminho até que olhei para a minha esquerda e no campo estavam Lilah, Madds e Mae. Grace também estava com elas. Desliguei o motor da minha moto quando soube que elas não tinham me visto.

Baixei o estribo e me movi para uma árvore que me deu uma visão perfeita da minha cadela. Ela estava trançando o cabelo de Grace ou alguma merda do tipo enquanto a menina brincava com bonecas. O cabelo de

Mae estava solto. E quando ela inclinou a cabeça para trás e riu de algo que Maddie disse, meu coração se partiu.

Observei seus lábios rosados enquanto ela falava alguma coisa. Observei enquanto conversava com as irmãs como se nenhuma delas tivesse sido estuprada quando criança. Como se nenhuma delas tivesse a porra de uma preocupação no mundo.

Minhas mãos estavam em punhos enquanto eu tentava destravar a língua. Enquanto eu, silenciosamente, pronunciava os votos que Ky havia escrito naquela porra de folha de papel.

O som de uma moto rugiu pelo campo e vi Ky descer e falar com Lilah e Grace. A garotinha correu até meu irmão e pulou em seus braços. O sorriso de um milhão de dólares do filho da puta estava em plena exibição quando ele a ergueu em seus braços e beijou sua bochecha. Então ele olhou na minha direção e vi seu rosto ficar sério.

Por mais chateado que eu estivesse com o idiota, eu sabia que meu *VP* estava apenas tentando ajudar. E por mais que não quisesse nada mais do que cortar seu pau e enfiá-lo em sua garganta, eu sabia que o filho da puta também morreria por mim.

Ele simplesmente não entendia. Nenhum deles entendia. Como diabos eles poderiam?

Vendo que algo tinha chamado a atenção de Ky, Mae olhou na minha direção. No minuto em que me viu, o mesmo sorriso ofuscante que ela sempre me dava se espalhou em seus lábios. E como o cachorro excitado que eu era, meu pau endureceu e meu coração quase explodiu no meu peito ao vê-la. Especialmente em seu longo vestido preto que exibia sua barriga. Meu filho, por quem rezei por tudo o que era sagrado, que não herdasse esse maldito defeito que eu tinha na fala.

Ky inclinou o queixo para mim enquanto levava Lilah e Grace de volta para casa. Maddie se despediu de Mae com um beijo na bochecha. E como eu sabia que ela faria, minha cadela veio na minha direção, enquanto eu me encostava na árvore e começava a pigarrear para soltar a garganta. Então, sem ninguém para me ouvir, a não ser o vento, o sol e a porra do próprio Hades, abri a boca e falei:

— E-eu, R-River N-N-Nash. — Respirei fundo e observei o sorriso de Mae ficar mais brilhante conforme ela se aproximava, e terminei: — A-aceito v-você, M-M-Mae... — Minha garganta se contraiu e meus olhos piscaram rápido, a porra do tique que eu sempre tinha quando tentava falar. Então, quando Mae estava a apenas alguns metros de distância, consegui finalizar, com calma: — C-como minha... le-legítima... *esposa*.

Arfei, sem fôlego, enquanto rosnava a última palavra do voto. Mas senti algo em meu peito quebrar quando a porra do voto foi feito. Eu nunca seria capaz de fazer isso.

— River? — Mae sussurrou e deu os passos finais até que estava diante de mim. — O que você está fazendo aqui?

Eu não conseguia falar mais, então estendi a mão e puxei Mae para o meu colo. Ela soltou um grito, rindo, quando pousou suavemente sobre as minhas coxas e eu enlacei sua cintura. Minha cadela virou o rosto para mim e, antes que ela pudesse dizer qualquer coisa, antes mesmo que pudesse me perguntar o que diabos havia de errado, colei meus lábios aos dela. Mae suspirou em minha boca enquanto eu tomava sua língua com a minha, e então me afastei.

Ela se aninhou contra o meu peito e fechou os olhos. Eu a embalei enquanto observava o campo, os olhos focados em nada.

— Eu amo você, River Nash — Mae disse, sonolenta. — Eu mal posso esperar para ser sua esposa. — Eu a abracei com mais força; então ela disse: — Devíamos ir para casa. Estou cansada. Estou lutando para manter os olhos abertos hoje.

Mas eu apenas a segurei com mais força. Eu não queria soltar essa cadela. Respirando fundo, eu disse:

— Fi-fique. F-fique a-a-aqui c-c-comigo.

Mae olhou para mim através de seus longos cílios negros e sorriu, surpresa. Suas bochechas estavam rosadas do sol, e ela nunca pareceu mais perfeita para mim.

— Okay — ela respondeu, baixinho, seus olhos fechando novamente. — Vamos ficar aqui. Está quente o suficiente, e estou contigo.

Enquanto sua respiração se normalizava e ela adormecia contra meu peito, também fechei os olhos e pronunciei o voto mais uma vez.

*Eu, River Nash, aceito você, Mae...* E murmurei uma e outra vez até que também adormeci.

Engraçado como eu não gaguejava nos meus sonhos.

ENLACE SOMBRIO

# CAPÍTULO QUATRO

## MAE

Acendi a última vela assim que ouvi a fechadura girar. Sentei-me na beirada da cama e esperei.

Ouvi seus passos se moverem pela casa, e eu sabia a quem aqueles pés estavam procurando: a mim. Cada noite, cada vez que ele voltava de sua corrida, sua trajetória era para onde quer que eu estivesse.

Sempre eu.

Esperei ele chamar pelo meu nome. Mas, como acontecia nas últimas semanas, sua chegada em casa foi silenciosa. Meu noivo ficou em silêncio. Ele nunca ficava em silêncio comigo. Comigo, suas palavras — embora gaguejadas e fracas — eram muitas, expressivas... amorosas. Mas o silêncio que se abatera sobre sua alma ultimamente era sufocante; assim como o esforço para falar era para ele. E pior, ele não estava usando as mãos para me dizer o que havia de errado. Havia apenas... nada.

Prendi a respiração ao ouvi-lo se aproximar da porta. Meu coração acelerou, como sempre acontecia em sua presença. Eu tinha certeza de que a cada dia que passava, minhas batidas aumentavam tanto em volume quanto em ritmo. Eu tinha certeza que seria assim até o dia da minha morte.

Styx, de repente, encheu a porta. Fiquei sem fôlego quando seus olhos castanhos pousaram em mim, sentada na beirada da cama. Suas narinas dilataram enquanto ele me observava e eu sorri. Eu sabia que ele gostava de mim assim, vestida com uma camisola branca sem mangas, o cabelo solto

30  TILLIE COLE

até a cintura e sem maquiagem no meu rosto. E meu olhar vagou sobre ele também. Eu o amava daquele jeito: de calça jeans escura, uma camiseta preta e seu colete; a barba por fazer e seu cabelo escuro bagunçado.

Styx não falou nada. Ele olhou ao redor do quarto e ergueu a sobrancelha com o *piercing* em um gesto inquisitivo. Levantando a mão, ele acenou com a cabeça em direção às velas e ao som suave de Johnny Cash tocando no banheiro.

— *O que é tudo isso?* — sinalizou e, como vinha fazendo por dias intermináveis, meu coração se partiu.

Não pude responder enquanto a tristeza se avolumava dentro de mim. Em vez disso, estendi as mãos e me levantei da cama. Styx veio em minha direção imediatamente, como eu sabia que faria. Quando o cheiro de tabaco se infiltrou pelo meu nariz e suas mãos calejadas deslizaram contra as minhas, eu o puxei para perto. Inclinando a cabeça, esperei por seu beijo. Styx soltou minhas mãos, segurou meu rosto e tomou meus lábios com os seus. Fechei os olhos ao sentir seu gosto contra a minha língua. E nós nos beijamos. Tão profunda e suavemente que quase me desfiz em seus braços.

Quando me afastei, os sérios olhos castanhos de Styx me encararam, procurando respostas em meu rosto. Afastei o colete de seus ombros largos, silenciando qualquer pergunta. Os músculos tensionaram sob minhas mãos. Seus bíceps contraíram e as tatuagens de Hades e demônios e habitantes do inferno dançavam sobre a pele bronzeada. Ele sibilou por entre os lábios entreabertos quando minhas mãos viajaram para a barra de sua camiseta e a ergui sobre seu amplo peito musculoso e sobre sua cabeça até que a larguei no chão. Encontrei seu olhar e ele encontrou o meu quando me inclinei e pressionei um sussurro de um beijo no centro de seu peito. A pele de Styx vibrou sob meu toque, e sorri quando sua mão se enroscou em meu cabelo. Meus dedos fizeram círculos preguiçosos em seus músculos abdominais até que desceram mais e mais para o cós de sua calça jeans.

Styx rosnou baixinho enquanto meus dedos desabotoavam a calça, minha mão roçando no tecido e tocando seu comprimento duro.

— Porra — Styx rosnou enquanto eu puxava o jeans, centímetro a centímetro, pelas suas pernas. Suas coxas grossas flexionaram sob meu toque. Minha boca estava a poucos centímetros de sua dureza, minha respiração pairando sobre a carne, mas nunca tocando.

— M-Mae — ele gaguejou e guiou minha cabeça para mais perto dele enquanto tirava a calça e a chutava para o lado.

Levantei o olhar e vi seus olhos incendiarem com a necessidade. Colocando as mãos em suas coxas, girei a língua e lambi ao longo de seu comprimento. Styx inclinou a cabeça para trás e fechou os olhos quando eu me afastei, apenas para envolver meus lábios em torno da cabeça e me mover,

ENLACE SOMBRIO

meticulosamente e bem devagar, para baixo em seu comprimento total.

— Puta que pariu — ele urrou enquanto ambas as mãos firmavam minha cabeça. Gemi e fechei os olhos, saboreando o gosto dele enchendo minha boca, o calor de sua carne e o toque de suas mãos em meu cabelo.

Mantive um ritmo lento e constante. Eu queria que ele visse o quanto eu o adorava, o amava... E quando olhei para cima e o vi me observando, uma mão deslizando pelo meu pescoço para que seu dedo pudesse acariciar minha bochecha com suavidade, eu soube que ele entendia isso. E quando ele se afastou, a masculinidade escapando da minha boca, e, gentilmente, enganchou seus braços sob os meus, para me colocar de pé, eu soube que ele também me amava.

Eu simplesmente não conseguia descobrir o que havia de errado.

Ele me ergueu em seus braços, carregou-me para nossa cama e me deitou ali. Engatinhando sobre mim, evitando cuidadosamente minha barriga, ele afastou as alças da minha camisola e puxou o material para baixo sobre meus seios. Eu gemi quando ele baixou a cabeça e sua língua lambeu o botão duro. Mas Styx não parou — ele continuou provando e beijando, movendo-se para explorar o resto da minha carne intumescida.

— Styx — sussurrei e arqueei as costas enquanto ele puxava a camisola para baixo, deslizando-a pelo meu corpo até que fosse uma pilha de seda descartada em um canto da cama. A boca de Styx pressionou contra o meu pé, e, em seguida, salpicou uma trilha de beijos pela minha perna até chegar ao meu núcleo. Separando minhas pernas com cuidado, ele encaixou seus ombros largos entre elas e lambeu ao longo de minhas dobras. Meus olhos se fecharam quando seus dedos me penetraram e começaram a se mover.

— Styx — sussurrei, novamente.

Ele se moveu mais rápido, com mais determinação, até que seus dedos esfregaram o ponto dentro de mim que sempre me fazia desmoronar. Uma, duas vezes, até que meu corpo se contraiu, minhas costas arquearam e um longo gemido saiu da minha boca com o prazer que apenas ele poderia me dar, fazendo-me explodir. Confiança, amor e segurança. E luz. Luz tão brilhante e prazer tão intenso que não senti Styx se mover ao meu lado até que seus lábios encontraram os meus e sua língua mergulhou em minha boca. Arqueei meu peito, pressionando minha pele contra a dele. Calor contra calidez, suavidade contra rigidez, aspereza contra maciez.

Coloquei as mãos em seus ombros, empurrei Styx até ele ficar de costas e montei em sua cintura. Minhas mãos escorregaram para o seu peito. Os olhos de Styx estavam dilatados com a luxúria. Em seguida, seus lábios se curvaram em um sorriso quando suas mãos pousaram na minha barriga. Eu sabia que Styx me amava, sabia disso desde que o encontrei novamente. Mas desde que fiquei grávida, havia *mais* em seu olhar. Uma nova forma de amor, mais intensa e sagrada. Mais profundo e mais conectado. Uma parte dele agora vivia dentro de mim, o coração pulsante da criação do nosso amor dentro do meu corpo.

Levantando meus quadris, ajustei Styx contra a minha entrada e, lentamente, sem interromper o contato visual, abaixei meu corpo até estar cheia dele. Styx dentro de mim em carne e alma.

— Mae — ele sussurrou e moveu as mãos para agarrar meus quadris.

Comecei a me mover, rebolando lentamente, sentindo cada centímetro dele dentro de mim. Aumentei gradualmente a velocidade, me inclinando para frente até que meus lábios estivessem beijando os de Styx. Afastei-me, mantendo o rosto a menos de um centímetro do dele; coloquei minhas mãos em suas bochechas e senti seus quadris começarem a se mover mais rápido, investindo para cima, de encontro aos meus movimentos. Procurei seu olhar, na esperança de encontrar as respostas para o que o preocupava. Mas tudo o que vi foi seu amor por mim, silenciosamente alto e sem censura. Styx sentia dificuldade para se expressar em palavras, mas ele não precisava delas para me mostrar que se importava. Eu via e sentia isso dentro dele todos os dias.

— Eu amo você — sussurrei enquanto suas estocadas começaram a acelerar. Os lábios de Styx se separaram e o vi lutando para devolver o sentimento. E vi a dor em seus olhos, a frustração quando aquelas palavras não saíram. — Eu sei — sussurrei e beijei sua bochecha. — Eu sei que você também me ama.

Os dentes de Styx cerraram e vi a raiva familiar tomando conta. Então eu me sentei. Um longo gemido saiu de sua garganta quando seus músculos se contraíram e suas mãos apertaram meus quadris.

— Styx — murmurei quando senti meu canal começar a contrair. Estiquei meus braços para trás até minhas mãos pousarem em suas coxas. Os dedos de Styx foram para o meu núcleo e começaram a esfregar o local que me fazia explodir. Congelei quando puro prazer percorreu meu corpo. Um rosnado baixo soou de sua boca, e então senti seu calor me enchendo.

Estremeci quando desci do meu pico de prazer e abri os olhos. Styx já estava olhando para mim. Inclinando-me para frente, beijei seus lábios suave e brevemente, então disse:

— Eu te amo muito, River Nash. E espero que saiba disso.

Styx ergueu a cabeça e me beijou. Ele me beijou tão intensa e profundamente que fiquei sem fôlego quando ele se afastou. Eu sorri e observei enquanto a felicidade enchia seu olhar. Então, escorregando da cama, estendi minha mão. Styx franziu a testa, mas a segurou mesmo assim.

Eu o levei para o banheiro e para a banheira onde a água quente e perfumada nos aguardava. Velas tremeluziam ao redor do ambiente imerso

ENLACE SOMBRIO

em penumbra, lançando um brilho cálido nas paredes de madeira. Os braços de Styx vieram sobre meus ombros, suas mãos visíveis diante dos meus olhos.

— *Você fez tudo isso?* — ele perguntou, sinalizando.

— Sim — eu respondi e me virei em seus braços. Styx estava me observando, como se estivesse tentando descobrir o porquê. — Vem — eu disse e apoiei-me em sua mão para entrar na banheira. Styx veio atrás de mim, e nós nos abaixamos até que estivéssemos submersos no calor com aroma de lavanda; minhas costas contra seu peito e os braços de Styx em volta da minha cintura.

Suspirei em puro contentamento e senti Styx dar três beijos no lado do meu pescoço. Inclinei-me em seu toque e entrelacei os dedos aos dele. Enquanto Johnny Cash cantava suas canções gospel, coloquei nossas mãos unidas sobre meu coração e disse:

— Diga-me o que está errado.

Cada músculo do corpo de Styx retesou. Ele tentou puxar sua mão da minha. Eu sabia que era para que ele pudesse sinalizar, e segurei com força, interrompendo seus movimentos.

— Não — murmurei e olhei para o seu rosto atormentado. Sua mandíbula estava cerrada e vi medo em seus olhos cor de mel. Medo real. — Fale comigo. — Ouvi o tom suplicante em minha voz. E implorei com meu olhar, detectando o desespero que havia no dele. Styx virou a cabeça para fugir do meu escrutínio. — *Baby...* — sussurrei.

E então senti meu coração estilhaçar quando ele se virou para mim novamente e abriu a boca. Ele estava tentando falar, mas nenhuma palavra saía. Sua cabeça tremeu e seus olhos piscaram, e vi o homem que eu amava lutar contra o aperto na garganta. Testemunhei a angústia em seus olhos e vi a vergonha florescer em suas bochechas com a barba por fazer.

Balançando a cabeça, soltei sua mão, devolvendo sua capacidade de falar. Styx respirou aliviado quando as ergueu, mas elas congelaram no ar. Ele fechou os olhos e sinalizou:

— *Só estou com umas merdas na cabeça, baby.* — Meu coração apertou com sua confissão muito vaga. Seus olhos se abriram, e eu sabia que ele viu minha decepção, porque segurou meu rosto em seguida e conseguiu gaguejar: — Eu... Eu... a-a-amo v-v-você.

Meu coração derreteu, minha alma chorou e eu recostei a cabeça em seu peito, envolvendo sua cintura com os braços.

— Você pode falar comigo. Não importa o problema, mesmo que seja negócios do clube, eu entenderia.

Styx se acalmou e ouvi seu suspiro de frustração.

— *Você é meu tudo, Mae. Nunca duvide disso.* — Sua mão correu sobre

34 **TILLIE COLE**

minha barriga e se ergueu novamente. — *Você e nosso filho. Mas eu não consigo...* — Ele fez uma pausa. — *Eu não posso...*

— Shhh... — eu disse e abaixei suas mãos com as minhas. — Está tudo bem. — Eu vi a tristeza em seus olhos. — Você não precisa dizer nada. — Ficando de joelhos, beijei seus lábios. — Mas quando estiver pronto para conversar, estarei aqui. Eu sempre estarei aqui para você.

Eu vi seus ombros relaxarem e então ele sinalizou:

— *Mal posso esperar para que você seja minha esposa. Finalmente. Minha esposa depois de todos esses malditos anos.*

Toda a tensão, toda a preocupação de que talvez fosse o casamento, que ele tivesse mudado de ideia sobre *mim*, sumiu da minha mente com aquela única declaração. E vi isso escrito em seu rosto. Era verdade. Ele queria tanto que nos casássemos... Ele sempre quis isso, desde que voltei.

— Eu mal posso esperar para também ser oficialmente sua — confessei, e um raro sorriso se espalhou em seus lábios. Quando me acomodei em seus braços, aquele sorriso aumentou ainda mais. O iPod trocou de música e *"I Won't Back Down"*, do Johnny Cash, começou a tocar. Com o queixo apoiado no meu ombro e os braços ao meu redor, Styx começou a cantar para mim.

E ele cantou cada uma das letras sem gaguejar, suas palavras claras e firmes. Lágrimas ocultas surgiram em meus olhos enquanto ouvia sua voz profunda e áspera cantando as letras assustadoramente apropriadas. Meu noivo forte e sério, que só conseguia se comunicar por meio de música ou sinais, paralisado pela palavra falada, tão perfeito em meu coração.

Então, enquanto as lágrimas deslizavam silenciosamente na água do banho, eu o ouvi cantar. Pela primeira vez em sua vida, sua voz aprisionada foi libertada de sua gaiola.

E, por um tempo, ele também.

ENLACE SOMBRIO

# CAPÍTULO CINCO

## STYX

*Uma semana antes do casamento...*

Os irmãos estavam no pátio atrás de mim. Eu podia ouvir os Stones tocando e meus irmãos rindo e brincando. Phebe estava de volta. AK estava de volta ao seu estado normal. A vida voltou ao normal por um tempo.

Eu estava sentado no banco em frente ao mural de Hades e Perséfone. Meu violão em minhas mãos, um cigarro em minha boca e o uísque ao meu lado.

Como sempre, Waits veio das cordas do meu violão enquanto eu inalava profundamente o fumo. Meus dedos tocaram minha música favorita, aquela que sempre me lembrava Mae. "*De novo*", ela disse na primeira noite em que acordou no complexo. Abri os olhos, enquanto tocava sozinho no bar, para vê-la diante de mim, meu maldito sonho se tornando realidade, falando com aquele sotaque estranho que ela ainda tinha. "*...por favor, toque de novo. Eu gostei muitíssimo de ouvir a sua voz*", ela implorou, franzindo o nariz, os olhos azuis arregalados de nervosismo.

Um sorriso malicioso surgiu nos meus lábios ao pensar naqueles dias. Muita coisa aconteceu desde então. Ainda mais estava acontecendo agora. Os cartéis e os Diablos estavam de volta em nosso radar. Garcia surgiu outra vez, depois de todos esses malditos anos. Mas toda essa merda foi

**TILLIE COLE**

deixada de lado por enquanto, e ficaria assim até depois do próximo fim de semana.

Eu não disse a ela. Mae ainda não sabia o que estava me incomodando. Ela me deu o espaço que eu precisava, e sendo a cadela perfeita que era, ela não tinha pressionado. Mae me amou pra caralho, me fodeu, esteve lá para mim, mas deixou suas perguntas de lado desde a noite em que tentou falar comigo e minha garganta travou de um jeito que não consegui dizer nem uma maldita palavra.

Inclinei a cabeça para trás e olhei para as estrelas no céu. Eu não poderia dizer meus votos. Eu sabia disso agora. Ky havia tentado. Nas últimas semanas, ele tentou uma ideia maldita após outra até que, duas noites atrás, eu me virei e disse a ele para, finalmente, desistir. Ele não queria, é claro. Mas não havia merda de motivo algum. Eu era um filho da puta mudo e pronto. Eu tinha sido assim minha vida inteira. Nada mudaria isso.

— Chupe meu pau, idiota! — Vike gritou, sua voz interrompendo *"Paint it Black"*, dos Stones. Balancei a cabeça e olhei de volta para o mural.

Três músicas do Waits depois, a porta do clube se abriu e Mae saiu. Ela tinha estado fora o dia todo com suas irmãs. Planejando o casamento e essas coisas. Eu não tinha ideia do que eram todas essas merdas, então deixei isso com elas.

Lilah, Grace, Phebe, Sapphira, Maddie e Bella a seguiram para fora. Elas estavam rindo e brincando... e estavam livres. O braço de Mae estava entrelaçado ao de Bella. Como se sentindo que eu a observava no escuro, Mae se virou na minha direção e parou.

Quando suas irmãs me viram, Mae disse algo a elas e se dirigiu para mim. As outras cadelas da seita se afastaram, e presumi que iam ao encontro de seus homens no pátio. Bella observou Mae vindo até onde eu me encontrava sentado. Ela deu um sorriso gigante que só a porra para mim, então seguiu as outras cadelas. Eu não tinha ideia do que se tratava.

— Styx? — Mae chamou enquanto se aproximava. Ela usava calça jeans para grávidas e uma regata com uma jaqueta de couro por cima. Seu cabelo estava preso em uma trança, e ela estava linda pra caralho. O rosto de Hades estava esticado sobre a barriga. Ela passou a mão pelo meu cabelo. — O que você está fazendo aqui sozinho?

Abaixei o violão, segurei a mão de Mae e a puxei para o meu colo, enlaçando seu corpo com meus braços. Ela riu quando beijei seu pescoço, depois ficou em silêncio enquanto olhava para o mural. Cutucando meu peito com o ombro, ela disse:

— Lembro-me daquela noite em que você me mostrou este mural. A noite em que me contou sobre Perséfone se apaixonando pelo senhor das trevas. Como ninguém conseguia entender como a deusa da primavera o

ENLACE SOMBRIO

amava e queria estar ao seu lado. — Ela sorriu e virou o rosto para mim, e, na mesma hora, fiquei preso em seu olhar de lobo. — Mas eu podia. — Mae deitou a cabeça no meu ombro. — E pude ver como Perséfone se apaixonou por ele. Hades era forte e sombrio, assustador e brutal para a maioria. — A mão de Mae se entrelaçou à minha. — Mas para ela, ele era bom, forte e protetor. Ele mostrou a ela um mundo que nunca poderia imaginar. Ele mostrou seu coração e ela, por sua vez, lhe entregou o dela.

Os olhos de Mae estavam brilhando quando ela me encarou e eu tomei seus lábios. Quando me afastei, levantei a mão.

— *Ela ainda é você para mim* — sinalizei e apontei para o mural, para Perséfone com seu cabelo preto azeviche e seus olhos azuis cristalinos.

— E Hades ainda é você para mim — ela retrucou e se mexeu no meu colo. Mae me encarou; seus olhos procuraram os meus, e então, pegando minhas mãos, ela sussurrou: — Eu sei o que está acontecendo.

Fiquei tenso e observei seus olhos se encherem de simpatia. Seus polegares acariciaram minhas mãos, as únicas ferramentas que eu tinha para me comunicar. Mae as levou à boca e beijou a pele tatuada, pressionando-as contra suas bochechas.

— Eu sei a guerra que tem travado em silêncio. — Ela soltou uma risada que continha um humor fodido. — Eu me preocupei por um tempo que você não queria mais se casar comigo. — Eu estava me endireitando, pronto para puxar minhas mãos de seu rosto e dizer que estava errada, quando ela as segurou com firmeza. — Mas então eu observei você. Eu o vi lutando para conseguir falar. Até mesmo comigo e com Ky.

O caralho de uma lágrima surgiu no olho de Mae e pingou no meu braço.

— E então eu soube que era sobre o casamento.

Mae soltou minhas mãos e montou minhas coxas, seu rosto bem diante do meu. Em segundos, suas mãos seguraram meu rosto. A cobra imaginária estava de volta, apertando minha garganta. E meu coração martelava no peito.

— Não há necessidade de orgulho entre nós, River. Não há pecado nem fraqueza que me faça amá-lo menos. Na verdade, ajudá-lo com seus fardos aumenta ainda mais o meu amor por você.

Desviei o olhar, mas suas mãos em meu rosto me trouxeram de volta para ela.

— Quando você soube do meu passado... — Sua respiração ficou presa. — Quando soube das cicatrizes entre minhas pernas, você não me fez ter vergonha. Você não me culpou pelo que agora entendo que não foi minha culpa. Mas em vez disso, você me segurou. Você me abraçou, me amou e me fez sentir protegida.

Mae se inclinou para frente, beijou a porra do meu pomo de Adão e recuou.

— Em uma semana, vamos nos casar na frente de nossos amigos e familiares. E quero que você seja o homem que é agora. — Mae pegou minhas mãos de novo e sorriu, quebrando meu maldito coração. — Quero que você se una a mim, mas não verei seu orgulho e dignidade prejudicados simplesmente pelo sacrifício desnecessário de palavras. — Mae soltou minhas mãos e eu as apoiei em sua cintura. — Eu o verei sinalizar seus votos para mim, e os aceitarei tão prontamente como se você os tivesse gritado dos portões do próprio céu. — Ela inclinou a cabeça para o lado. — Você é meu River, meu Styx, e na próxima semana você será meu marido. No entanto, a promessa não recitada não é problema para mim.

Abaixei a cabeça e me esforcei pra caralho para não agir como uma mulherzinha chorona. Respirei fundo e engoli o aperto na garganta.

— Eu... — Cerrei os dentes e tentei novamente. — Eu só queria f-f-falar.

Mae suspirou e balançou a cabeça.

— Não importa, *baby*. Enquanto você estiver lá e nós terminarmos casados e unidos para sempre, isso é tudo com o que eu poderia sonhar.

Meus ombros cederam e, quando vi a verdade em seus olhos, um enorme peso foi tirado de meus ombros.

— V-você não se im-importa?

Mae balançou a cabeça e recostou a testa à minha.

— Nem um pouco. — Ela se afastou, beijou minha boca e sussurrou: — Você fala com as mãos e com a boca. Eu sei disso e aceito, assim como seus irmãos. É só você que não entende isso e quer tanto se superar.

Assenti com a cabeça e me endireitei, segurando sua nuca.

— Eu amo você pra caralho — afirmei, e puta que pariu, não gaguejei.

Mae enxugou uma lágrima do rosto.

— Eu também amo você.

Eu a beijei. Tomei sua boca e a fiz minha novamente. Quando nos afastamos, Mae me entregou o violão.

— Toque para mim — ela pediu e se mexeu para se sentar no banco ao meu lado. Ajeitei o violão e Mae repousou a cabeça no meu ombro com a mão na barriga.

Meus lábios se contraíram e toquei a música que ela cantava pela casa. Uma canção perfeita para a porra da minha cadela com olhos de lobo: *"First Time Ever I saw Your Face"*, de Johnny Cash.

Meus dedos dedilharam as cordas e as palavras saíram da minha boca. A mão livre de Mae tocou minha coxa enquanto eu cantava a porra da música. Quando entoei a estrofe final e o silêncio se tornou palpável, Mae

ENLACE SOMBRIO

explodiu meu mundo.

— Vamos ter um menino.

Minhas mãos congelaram no pescoço do violão, estacaram sobre as cordas, e virei a cabeça para Mae. Meu coração soava como a porra de um canhão no meu peito quando ela levantou a cabeça e, com lágrimas escorrendo pelo seu rosto pálido, sorriu e riu de felicidade.

— Fiz uma ultrassonografia hoje. Eu queria que fosse uma surpresa.

— Um... — Fechei os olhos e tentei me controlar. — Um m-menino?

— Sim.

No minuto em que ela disse a palavra, abaixei o violão e a puxei em meus braços. Suas mãos agarraram meu pescoço e eu pressionei minhas mãos em sua barriga.

— Um menino, p-porra — sussurrei e não pude evitar a porra do sorriso que curvou meus lábios.

— Um filho — Mae sussurrou de volta, e colocou as mãos sobre as minhas em sua barriga. — Vamos ter um menino, River. — Levantei o olhar, sem saber o que diabos fazer a seguir, e ela disse: — Um menino como o pai. — Seus dedos roçaram meus olhos. — Assim como você. Meu River, meu Styx.

— Caralho... — sussurrei e Mae riu alto.

— Ele será forte como você, valente e gentil.

— Ch-Charon — eu disse e observei os olhos de Mae se turvarem em confusão. — O n-nome. Charon. O ba-barqueiro do r-r-rio Styx.

— Charon — Mae repetiu e assentiu com a cabeça. — É perfeito. Assim como o pai dele. Como este clube. Sua herança... seu lar.

Então a beijei de novo, meu filho – *meu filho* – em sua barriga entre nós. E quando ela se acomodou em meus braços, ambos encarando o mural, rezei para Hades para que meu filho não tivesse que lidar com esse problema de gagueira de merda.

Mae queria que ele fosse igual a mim. Mas eu queria que ele fosse como ela. Forte. Perfeito. Meu mundo inteiro.

Styx, Mae e Charon.

A cobra me soltou por um instante, minha maldita garganta parecia livre e eu não gaguejei com Mae naquela noite.

Nem uma vez.

# CAPÍTULO SEIS

## MAE

*O dia do casamento...*

— Pronto. — Beauty se afastou para inspecionar seu trabalho. — Bem, caramba, querida. Nunca pensei que você pudesse ser mais bonita do que já é. Mas eu estava errada.

Respirei fundo quando todas as minhas irmãs se reuniram ao meu redor. Todas estavam deslumbrantes. Beauty também havia feito o cabelo e a maquiagem. Elas estavam com o cabelo solto e a maquiagem era leve e delicada, assim como a minha.

— Vocês estão tão bonitas — sussurrei, lutando para não permitir que nenhuma lágrima caísse dos meus olhos.

Bella se abaixou e beijou minha cabeça.

— Está quase na hora.

Inspirei profundamente e, em seguida, assenti. Eu me levantei e Beauty me cobriu com o véu. Ela ficou na ponta dos pés e o prendeu no meu cabelo. Bella, Maddie e Lilah o esticaram em torno do meu vestido, e se afastaram. Um grande espelho estava à minha frente, e encarei a mulher que me olhava no reflexo.

Eu não podia acreditar que este dia finalmente chegara.

Beauty colocou as mãos em meus ombros e sorriu.

— Agora eu tenho que ir e me sentar no meu lugar, Mae.

Um nervosismo repentino tomou conta de mim quando percebi que a cerimônia estava prestes a começar. Beauty saiu do quarto, mas ainda não consegui desviar minha atenção do espelho. Estávamos em um dos aposentos da sede do clube –, o de Ky. A cerimônia aconteceria no pátio. Tínhamos passado os últimos dias decorando a área com tons de branco e azul. A pastora Ellis da igreja de Lilah iria conduzir a cerimônia. Eu a adorava. Atrasei o casamento um mês só para que eu pudesse ter sua presença hoje.

— Você está pronta, Mae? — Lilah veio ficar ao meu lado. Olhei para minha amiga e assenti com a cabeça.

— É uma sensação estranha — sussurrei e balancei a cabeça. — É como se eu tivesse esperado minha vida inteira por este momento. Como tudo pelo qual passei, tudo isso, as provações e tribulações, a alegria e a dor, valessem a pena porque me trouxeram aqui, para este exato momento. — Dei uma risada. — Para casar com o garoto que conheci do outro lado da cerca tantos anos atrás. No pior dia da minha vida, ele apareceu como um anjo negro. Meu anjo sombrio.

Lilah sorriu, e eu sabia que era porque ela sentia o mesmo por Ky.

Maddie me entregou meu buquê de flores. Elas eram brancas para combinar com meu vestido. Flores azuis foram esporadicamente colocadas entre as brancas para complementar os vestidos das damas de honra e, claro, meus olhos.

— Ele não será capaz de acreditar nos próprios olhos quando vir você — Maddie disse.

Bella estava ao lado de Maddie. Minhas duas irmãs de sangue, uma de olhos verdes, outra com olhos azuis cristalinos como os meus. Encarei Bella por um momento... Ela era meu milagre; ressuscitada dos mortos e aqui para testemunhar este dia.

Maddie se casou com Flame em uma cerimônia particular, e Bella se casou com Rider em Nova Sião. Eu não tive a chance de testemunhar seus casamentos. Mas então olhei para Lilah e rezei para que minha cerimônia fosse tão perfeita quanto a dela.

— Será — ela disse, lendo minha mente. — Você está se casando com Styx. Mesmo se o próprio inferno ascendesse e tempestades de fogo destruíssem este complexo, você ainda sentiria que este dia fora perfeito. Porque neste dia, seu coração se fundirá para sempre com o dele. Seu River.

— Sabe, foi sempre ele... — sussurrei e baixei os olhos para encarar o buquê. — Eu encontrei minha alma gêmea aos oito anos de idade. E aqui estamos nós, prestes a nos unirmos depois de todos esses anos.

— Com o bebê Charon assistindo de seu assento no céu até que ele se junte a vocês neste mundo — Maddie completou e um nó bloqueou minha garganta. Assenti com a cabeça, incapaz de falar qualquer outra coisa.

— Mamãe? Quando vou jogar as flores? — Grace perguntou do fundo do quarto.

Lilah se voltou para a filha.

— Em breve, meu amor. — Ela acenou com a mão. — Venha aqui, querida.

Grace foi até Lilah e segurou sua mão. Quando olhei para o reflexo diante de nós, vi uma foto. Uma foto de família repleta de amor e perda, mas, principalmente, de resiliência e sobrevivência.

— Estou honrada por ter todas vocês aqui comigo.

— Mae — Bella murmurou e a vi enxugar uma lágrima.

— É verdade. Todas nós éramos consideradas más, sedutoras de homens. Todas nós fomos feridas por causa de nossos semblantes. — Balancei a cabeça. — Mas agora, quando olho para nós, eu não vejo nenhuma Irmã Amaldiçoada de Eva. Vejo quatro mulheres que são abençoadas, que são amadas e que também amam. Enriquecendo a vida de suas irmãs, amigos e maridos. — Eu sorri para Grace, que estava observando tudo, de olhos arregalados. — E filhos.

— E é por sua causa — Maddie disse, suavemente, e eu me virei para encará-la. Suas bochechas coraram e ela encolheu os ombros. — É verdade. Foi você quem encontrou coragem para fugir do único mundo que conhecíamos. E você voltou por nós, também nos tirando dos abismos da escuridão.

— Não importa que tenha sido contra nossa vontade — Lilah brincou e eu ri. — Mas foi uma benção que eu não esperava. — Ela abraçou Grace mais perto de si enquanto passava a mão sobre a aliança de casamento. — Eu não sabia que a vida poderia ser tão bonita.

— Obrigada — agradeci, lembrando-me do dia em que fugi, o dia do meu casamento com o Profeta. Cães farejadores e guardas disciplinares me perseguiram até a cerca. E então eu a atravessei, peguei uma carona e me vi no complexo do Hades Hangmen... e de volta para o garoto que roubou meu primeiro beijo e meu coração.

River.

— Eu amo todas vocês — afirmei, e ouvi minha voz falhar. Meus olhos brilharam e piscaram enquanto eu tentava desesperadamente livrar-me das lágrimas. Eu não queria estragar o trabalho de Beauty.

Alguém bateu à porta e a maçaneta girou. Elysia, a irmã de Ky, enfiou a cabeça pela fresta, com seu cabelo loiro encaracolado e olhos azuis.

— Me pediram para vir aqui buscar vocês — ela comunicou, em seguida, parou na porta. — Caramba, Mae, você está linda. — Sorriu e agitou as

ENLACE SOMBRIO

sobrancelhas. — Styx vai perder a cabeça quando vir você. — Eu ri de Sia. Ela era engraçada, assim como Ky, e igualmente linda. — Vocês também são damas de honra deslumbrantes, senhoras — ela disse e piscou para Lilah.

— E quanto a mim, tia Sia? — Grace sondou e estendeu os braços para mostrar o vestido.

Sia arfou.

— Bem, você é a mais bonita de todas, Gracie amorzinho — ela disse dramaticamente. — Poxa, eu pensei que não fosse preciso dizer. — A criança sorriu presunçosamente e Sia olhou para mim. — Stephen está aqui pronto para levá-la até o altar. E Styx já está te esperando.

— Ele está? — perguntei, sentindo um frio na barriga.

Sia assentiu com a cabeça, animada.

— E tenho que dizer, garota. Styx é como outro irmão para mim, mas caramba, ele está tão bonito lá fora, todo arrumado e sofisticado. Você vai desmaiar quando o vir.

— Sia! — Lilah repreendeu, mas lutou muito para conter a risada.

— O quê? É verdade! — Ela bateu na soleira da porta. — Estarei esperando na porta principal. — Ela encontrou meu olhar. — Boa sorte, boneca. — Ela saiu e segurei meu buquê com mais força.

O braço de Bella enlaçou o meu.

— Você está pronta, irmã?

— Sim — assegurei, sentindo a força daquela resposta até meus ossos.

Lilah e Grace foram na frente em direção ao pátio. Maddie foi a próxima, então Bella e eu, em seguida.

Quando cheguei ao corredor, vi Stephen, meu pai, se virar enquanto esperava às portas fechadas que davam para o pátio. Ele estava vestido com um *smoking* – o único que se trajaria dessa forma na cerimônia. Ele me disse que queria fazer isso do jeito certo.

— Mae — Stephen sussurrou quando eu me aproximei. Ele estendeu a mão e eu deslizei a minha na dele. Encontrei seu olhar e vi seus olhos começarem a brilhar com lágrimas. — Você está tão bonita, minha menina — murmurou, lutando contra o nó na garganta.

*Minha menina...*

— Obrigada. — Soltei sua mão e a passei pela lapela de seu *smoking*. — Você está muito bonito.

Stephen sorriu e baixou a cabeça. Quando olhou para cima, disse asperamente:

— Para mim, é uma honra levá-la ao altar hoje, Mae. Eu esperei por um momento como este por muitos anos. Não posso acreditar que estamos realmente aqui agora. É como um sonho. — Seu olhar vagou sobre meus ombros, para minhas irmãs. — Todos nós. Todas vocês parecendo tão perfeitas... — ele pigarreou. — Minhas filhas guerreiras.

— Pai — sussurrei e pisquei para afastar as lágrimas.

Stephen ficou parado.

— Pai... — ele repetiu, e desta vez uma lágrima escorreu por sua bochecha. — Eu nunca vou me cansar de ouvir essa palavra de seus lábios. — Ele beijou minha bochecha e, em seguida, enroscou meu braço ao dele. — Acho que está na hora. Não quero enfrentar a ira de Styx se não te levar lá para fora e casar os dois o mais rápido possível. Ele não é um homem paciente quando se trata de você.

Eu ri, mas sabia que ele estava certo. Styx não pensaria duas vezes antes de marchar até aqui e me levar ao altar para acelerar as coisas se eu não me apressasse.

Sia esperava na porta.

— Você está pronta, Mae?

— Sim — eu disse, mas então rapidamente levantei minha mão. — Só... um momento, por favor.

Fui até a janela que dava para o pátio enquanto minhas irmãs ocupavam seus lugares. Olhei discretamente pelo vidro e senti uma onda de nervosismo ao ver todos os irmãos sentados. Phebe e Sapphira estavam ao lado de AK, Flame e Vike. Letti e Beauty estavam com Bull e Tank. Eu vi Ky no altar, vestido com uma camisa branca e seu colete... e então eu o vi.

Meu coração parou de bater, perdi o fôlego por um instante e meu corpo parou de se mover. Styx, meu Styx... ele estava... ele era tão... *lindo*.

Ele estava no altar com a pastora Ellis diante dele. Sua cabeça estava abaixada e ele se balançava de um lado para o outro. Eu sabia o quão nervoso ele estava. Suas mãos se torciam à sua frente. E então ele se virou para ouvir algo que Ky havia dito, e minha respiração escapou pelos meus lábios entreabertos.

Ele vestia uma calça jeans escura e uma gravata texana, com as cordas de couro presas pelo emblema prateado dos Hangmen, dois dedos abaixo dos primeiros botões da camisa abertos. Suas inúmeras tatuagens na pele bronzeada estavam expostas, e seu *cut* completava o visual deslumbrante. Seu cabelo escuro estava desgrenhado, exatamente como eu gostava. E então o cenho franzido e as bochechas escuras por conta da barba tornavam seus olhos cor de avelã quase do tom verde.

E ele estava prestes a se tornar meu marido...

— Você está bem, Mae? — Sia perguntou, e eu me virei para encarar minhas irmãs.

— Estou pronta — respondi, sabendo que cada palavra era verdadeira. — Estou mais do que pronta.

ENLACE SOMBRIO

Sia sorriu e saiu pela porta. Eu tomei meu lugar ao lado de Stephen, atrás de minhas irmãs e esperei a música começar.

Hoje eu me casaria com o garoto que me tirou do meu desespero mais profundo. Hoje, eu me tornaria a senhora Mae Nash...

... Finalmente, eu estaria em casa.

# CAPÍTULO SETE

**STYX**

Avistei Sia pelas portas com um imenso sorriso no rosto. Ela ergueu os polegares, me dizendo que Mae estava pronta. Mantive as mãos juntas para que nenhum filho da puta aqui pudesse vê-las tremendo.

Hoje eu falaria em linguagem de sinais. Eu tinha me conformado com essa merda. A pastora sabia, meus irmãos não esperariam nada mais, e agora tudo o que eu tinha que fazer era esperar que Mae saísse por aquela porta do caralho.

Ky se inclinou na minha direção.

— Você está se cagando? — Olhei para ele, que riu ao me ver puxando o colarinho da camisa. Estava muito quente aqui.

O som de Sia pigarreando veio do fundo do pátio. Levantei o olhar, como todo mundo, e um pouco de música clássica começou a tocar no sistema de som. Não era Nelson ou Waits, mas Mae tinha escolhido, então isso fez tudo ficar bem pra caralho.

Sia abriu a porta. Eu não conseguia ver nada lá dentro, mas não tive que esperar muito. Grace saiu parecendo linda que só a porra em seu vestidinho branco. Ky sorriu quando sua filha começou a jogar pétalas brancas no chão. Ela caminhou pelo corredor como se não se importasse com o mundo e, em seguida, correu os últimos passos até estar ao lado de Ky.

— Bom trabalho, garota — ele disse e segurou a mão dela.

Lilah foi a próxima, seguida por Maddie. Ky estava fixado em sua esposa, e quando olhei para Flame, o irmão parecia prestes a se lançar de sua cadeira apenas para ficar com Madds. Bella a seguiu; Rider e sua mãe, Ruth, sorriam para ela da última fila.

E então meus olhos se fixaram na porta. Então comecei a contar. Eu contei até oito quando vi o primeiro *flash* de branco. Fiquei tenso, todos os meus músculos retesados quando Mae saiu pela porta de braço dado com Stephen... e eu senti como se tivesse levado um maldito soco no estômago.

Porra, ela estava perfeita. Mae agarrou seu buquê e seu pai enquanto caminhava até o final do corredor. Então ela olhou para cima, me paralisando com aquele olhar de lobo. Cada filho da puta aqui pareceu desaparecer quando a vi sorrir sob o véu, seus lábios rosados brilhando por trás da renda. Ela começou a andar, e precisei usar todas as minhas forças para não correr pelo maldito corredor, afastar o véu de seu rosto e esmagar meus lábios nos dela.

Mas fiquei parado, apenas observando essa cadela – a cadela que virou meu mundo de cabeça para baixo quando criança – vir em minha direção. E a cada passo, eu via tudo na minha cabeça. Eu a vi agachada atrás da cerca, chorando. Eu vi minha boca defeituosa abrir e falar com ela, seus grandes olhos azuis parecendo muito grandes para seu rosto enquanto ela me encarava, enquanto unia sua mão à minha através da cerca. Então ela no chão do complexo atrás da lixeira, abrindo os olhos, deitada em meus braços, ensanguentada e à beira da morte. Ela me observando tocar Waits, enquanto eu conseguia falar com ela outra vez. Beijando-a contra a árvore em McKinney State Falls, ela me perdoando por ter surtado por causa de suas cicatrizes, então ela me deixando possuí-la, tornando-a minha. O resgate na seita outra vez, onde depois nunca mais a soltei. Então, o melhor de tudo, ela me dizendo que estava esperando nosso filho e que, finalmente, seria a porra da minha esposa.

Tudo isso estava lá na minha mente. Cada maldito dia que passei com ela.

Mae parou no final do corredor. Stephen beijou as costas de sua mão, sorrindo em meio às lágrimas. Ele então se virou para mim e me cumprimentou com um aperto de mãos antes de ir se sentar na primeira fileira, sorrindo para suas filhas. Ky se moveu para o lado e eu estendi minha mão para Mae. No segundo em que seus pequenos dedos pressionaram contra minha palma, voltei a respirar.

Finalmente respirei.

Tive um vislumbre de seus olhos por trás do véu, então, antes mesmo de ser questionado pela pastora, levantei-o sobre sua cabeça, segurei seu rosto e pressionei meus lábios contra os dela. Como fazia todas as vezes, ela derreteu contra mim. Ouvi meus irmãos gritando e a porra da voz irritante de Vike berrando:

— Ainda não chegou nessa parte, *Prez*!

Mas tomei sua boca, não dando a mínima. Ela era minha. Eu tomaria seus malditos lábios rosados se eu quisesse – eu a possuía e ela a mim. Quando me afastei, Mae riu contra minha boca.

A pastora Ellis se inclinou para frente, sorrindo.

— Podemos começar?

A pastora começou a falar, dizendo algumas merdas religiosas que eu não tinha interesse em ouvir. Então chegou a hora dos votos. Nós concordamos apenas com os votos normais. Eu não queria uma porra de fanfarra. Eu queria que minhas palavras sinalizadas fossem rápidas e diretas. Mae foi compreensiva, é claro. Ela sempre era.

Mae foi primeiro. Ky deu a ela a aliança. Com sua mão na minha, ela repetiu o que a pastora instruiu:

— Eu, Salome Nash, aceito você, River Nash, como meu legítimo marido... — E eu escutei cada uma de suas palavras. Eu a ouvi dizer que ficaria ao meu lado na saúde e na doença, até que a morte nos separasse.

Pastora Ellis se virou para mim e senti meu coração bater forte no peito. Engoli em seco, sentindo a cobra envolver minha garganta. E apertar. Apertou com tanta força que senti os músculos do meu pescoço doerem diante da pressão. Mae apertou minhas mãos. Quando olhei para ela, percebi que a pastora Ellis havia falado alguma coisa.

— Você está bem? — Mae sussurrou apenas para nós ouvirmos. Assenti com a cabeça uma vez. Então não consegui tirar meus malditos olhos dela. Encarei minha cadela e fiquei chocado. Seu cabelo preto e olhos azuis e aqueles lábios rosados. Seu vestido, nosso filho em sua barriga... tudo isso. Ela inteira. Perfeita pra caralho. Bem aqui. Neste momento.

— Senhor Nash, seus votos — a pastora disse, e Mae soltou minhas mãos para que eu pudesse sinalizar. Mas quando ela fez isso, algo em mim estalou e eu segurei firme. Suas sobrancelhas franziram em confusão; então ela tentou novamente. Mas, ainda assim, não a soltei. Eu sabia que ela seria capaz de sentir o tremor dos meus dedos enquanto a agarrava. Sabia que ela estaria se perguntando o que diabos estava acontecendo. Então olhei para a pastora e assenti com a cabeça, pedindo que seguisse em frente. Ela parecia perdida pra caralho também, mas não dei a mínima. Eu *tinha* que fazer isso, porra.

Encontrando o olhar confuso de Mae, a pastora disse:

— Repita depois de mim. Eu, River Nash, aceito você, Salome Nash, como minha legítima esposa.

Um silêncio mortal seguiu suas palavras. Tudo ficou tão silencioso que

ENLACE SOMBRIO

ouvi meu coração batendo em meus ouvidos. Ouvi a respiração acelerada de Mae. Ouvi meus lábios se entreabrindo e minha respiração ofegante.

— River, por favor, você não precisa — Mae sussurrou, baixinho. Seus olhos se arregalando quando ela percebeu o que eu estava prestes a fazer.

O que eu *precisava* fazer. Essa era Mae. O dia do nosso casamento. E eu ia falar, caralho.

Tentei encontrar as palavras, mas tudo o que saiu foi hálito quente. Engolindo em seco, senti o tique tomar conta e minha cabeça tremeu para o lado – eu sabia que não seria capaz de conter esses filhos da puta –, e tentei novamente. Meus dedos agarraram os de Mae e descobri a capacidade de gaguejar pateticamente:

— Eu... eu... R-R-R... — Fechei os olhos e lutei para soltar minha garganta. — R-River... N-N-Nash. — Uma gota de suor desceu pelo meu pescoço. Abri os olhos, e no minuto em que vi os de Mae brilhando com lágrimas, de felicidade e de orgulho do cacete, eu sabia que tinha que continuar. As mãos de Mae agarraram as minhas como se ela fosse minha maldita âncora. A cadela era, e ela não sabia o quanto. — A-aceito v-v-você... — Fiz uma pausa, respirei fundo e gaguejei: — S-S-Salome N-N-Nash c-como m-m-minha legítima e-e-e-es-esposa. — Soltei um suspiro como se tivesse acabado de correr a porra de uma maratona.

Ouvi um soluço contido de Mae, e em seguida seus braços estavam fortemente em volta do meu pescoço.

— Eu amo você — ela sussurrou e eu a abracei com força. — Eu te amo demais e estou muito, muito orgulhosa.

Senti a garganta contraindo, mas não deixaria aquela filha da puta fazer isso até que tivesse terminado de fazer os votos. Mae deu um passo para trás, com as bochechas molhadas, enquanto a pastora Ellis terminava a última das palavras.

Eu *consegui* dizê-las... Então as alianças estavam em nossas mãos.

— Aceito — Mae respondeu e deslizou o anel preto em meu dedo. Encarei o pedaço de metal e soube que ele nunca sairia dali.

— Você, River Nash, aceita Salome como sua legítima esposa?

Olhando bem nos olhos da minha cadela com olhos de lobo, abri a boca e, sem gaguejar nem uma vez, disse diretamente a ela:

— Sim, aceito. — O sorriso que recebi de Mae poderia ter iluminado a porra da noite.

— Então, pelos poderes investidos a mim, eu agora os declaro Senhor e Senhora River Nash! — Senti algo apertar no meu peito e tive que tossir para soltá-lo. Algo diferente surgiu dentro de mim. Eu não sabia que porra era aquela, mas gostei. — River? Agora você pode beijar sua noiva — concluiu a pastora Ellis.

50                                                          TILLIE COLE

Antes que o final da frase tivesse deixado sua boca, segurei o rosto de Mae entre as mãos e esmaguei seus lábios com os meus. Mae gemeu e desabou sobre o meu corpo. Meus irmãos aplaudiram e gritaram, e eu apenas tomei a boca de Mae, ignorando todos eles. Empurrei minha língua contra a dela e a segurei com mais força. Eu a beijei e beijei até que tive que me afastar para respirar. As pupilas de Mae estavam dilatadas e as lágrimas ainda escorriam pelo seu rosto.

Linda.

— Você falou — ela sussurrou acima dos gritos altos e comemorativos. — Você falou, River. Para mim. Na frente do seu clube. Nossos votos.

— S-sim — gaguejei e enxuguei as lágrimas de seu rosto.

— Meu marido — ela disse e virou a cabeça para beijar o centro da palma da minha mão.

*Minha esposa*, eu queria dizer em resposta, mas a cobra estava de volta em meu pescoço e minhas palavras haviam sumido. Mas, pela primeira vez, eu não dei a mínima. Falei as que precisavam ser ditas. E isso era tudo que importava.

Um braço enlaçou meu pescoço.

— Seu idiota do caralho — Ky caçoou, mas ouvi o maldito orgulho em sua voz. Olhei para o meu melhor amigo e ele piscou e gritou: — Coloquem a merda da música, garotas! Passem as cervejas e coloquem fogo na porra da grelha. Temos uma porra de casamento e o Hangmen Mudo finalmente falando para comemorar, filhos da puta!

Os irmãos riram e começaram a trabalhar. Comemos, bebemos e, quando a noite caiu, Sia foi até os alto-falantes e disse a todos os irmãos para saírem da porra do caminho. Mae segurou minha mão e me puxou para o centro de um círculo improvisado. Meus irmãos caíram na gargalhada, mas eles não tinham Mae em seus braços, então, no que me dizia respeito, eles poderiam se foder.

— E-eu n-não dan-danço — sussurrei no ouvido de Mae.

Ela riu, e a porra do som fez meus lábios se retorcerem.

— Só desta vez, eu prometo — ela falou quando ouvi acordes familiares começarem a tocar. Arqueei uma sobrancelha assim que ela enlaçou meu pescoço. Agarrei sua cintura quando *"I Hope That I Don't Fall In Love With You"* de Tom Waits começou a tocar.

— Eu precisava... — Mae disse, baixinho, em resposta à minha expressão surpresa. — Foi a música que você cantou para mim quando acordei depois de fugir. Aquela em que sempre vou lembrar quando pensar em você. — Ela encolheu os ombros e franziu a porra do nariz, acabando comigo. — Somos nós.

Eu a puxei para mais perto e senti sua cabeça encostar no meu pescoço.

E então, eu cantei para ela. Cantei as palavras que a trouxeram de volta para mim, que a fizeram minha. E cantei cada palavra até o fim. Quando a música mudou de Waits para Garth Brooks, eu disse:

— Eu q-quero você em casa a-agora.

Mae encontrou meus olhos, assentiu com a cabeça e me beijou nos lábios.

— Eu também quero isso. Quero fazer amor com você como marido e mulher. Como Senhor e Senhora Nash.

Então saímos da festa.

E eu ia torná-la minha.

Segurei a mão de Mae enquanto caminhávamos para a cabana. Meu polegar continuou roçando sua aliança de casamento, e eu não conseguia descrever a porra da sensação que se instalou no meu peito quando isso aconteceu. Quando levantei o olhar, Mae estava me observando, seus lábios rosados franzidos.

— Você gosta tanto quanto eu? — perguntou, piscando aqueles seus enormes cílios negros.

Eu me lancei para frente e a levantei em meus braços. Mae gritou e riu quando me aproximei da porta.

— Beauty me contou sobre essa tradição — ela disse, quando abri a porta da cabana e pisei na soleira com ela em meus braços. Inclinei-me e beijei sua boca. — Eu gosto disso — ela adicionou quando me afastei.

A cadela estava me matando.

Levei Mae direto para o quarto e a coloquei de pé. A mão dela estava no meu peito, acariciando a minha gravata com o emblema dos Hangmen.

— Gosto muito de você assim, todo arrumado. Você está tão bonito que perdi o fôlego quando o vi.

A cadela estava *realmente* me matando.

Colei minha boca à dela e fiz com que recuasse em seus passos até que suas pernas tocaram o fim da cama. Ela se abaixou com cuidado e eu me afastei. Com os olhos de lobo de Mae pesados de luxúria, tirei meu *cut* e gravata. Abri a camisa que ela tanto amava e a joguei no chão.

As bochechas de Mae ficaram vermelhas, e usei toda a minha força de vontade para não jogá-la de volta na cama e transar com ela. Algo dentro de mim precisava do meu pau dentro dela imediatamente. Precisava fazer dela Mae Nash. Precisava torná-la, oficialmente, minha *old lady* de uma vez por todas.

— E agora a calça jeans — Mae falou e tive que cerrar a mandíbula para me conter. Arqueei as sobrancelhas e ela deu um sorriso sexy pra cacete.

Abri os botões da calça e a chutei para longe dos tornozelos. Agarrei o meu pau duro pra caralho, e caminhei em sua direção. Seu peito estava subindo e descendo enquanto sua respiração acelerava. Seus seios empinaram contra o tecido do vestido, me fazendo gemer alto, e sua mão cobriu a minha no meu pau. A esquerda, com minha aliança em seu dedo. Eu não conseguia tirar os olhos da maldita visão.

— Mae — rosnei e, em seguida me afastei e soltei nossas mãos.

Ela não estava com o véu agora; apenas com aquele vestido e, por mais que eu a amasse nele, eu o queria fora do caminho. Levantei Mae da cama e a coloquei diante de mim.

— P-porra, eu amo você — afirmei e fechei os olhos quando sua boca tocou meu peito e sua língua se arrastou pelas minhas tatuagens. As mãos delicadas correram pela lateral do meu corpo até se cruzarem à frente, roçando meu pau duro.

Virei Mae em meus braços, encontrando a longa fileira de botões em seu vestido. Eu os abri, um por um, com cuidado para não perder o controle e rasgar o vestido em pedaços. Quando cheguei ao último, afastei o tecido e o deslizei pelos seus braços. Rocei a boca pelos ombros nus e pescoço, onde seu cabelo estava preso. Mae arquejou e arrepios surgiram em sua pele.

— Styx — ela sussurrou enquanto eu arrastava o material pelos quadris até acumular todo o tecido no chão. Ela se virou e tive que me afastar quando vi renda branca cobrindo sua boceta e meias brancas em suas pernas.

— Porra, ca-cadela — rosnei e meus dedos passaram por sobre o cós da calcinha.

— Eu as estou usando para você — Mae disse, calmamente; então ela se recostou ao meu peito.

Seus seios cheios – agora muito maiores por causa da gravidez – pressionados contra a minha pele. A ponta do meu pau se esfregou em sua barriga, e agarrei a calcinha de renda em meus punhos. Eu a rasguei, não dando a mínima para o fato de tê-la arrebentado.

— Styx! — Mae arfou em estado de choque.

Arrastei os dedos ao longo de sua boceta e sobre seu clitóris. No minuto em que falei, mais uma vez, suas palavras se transformaram em um longo gemido.

ENLACE SOMBRIO

— Ela s-sai. — Afastei-me e apontei para as meias e as ligas. — M-mas elas fi-ficam.

— Sim... — ela respondeu, os lábios inchados e os mamilos grandes e duros.

Eu a levantei em meus braços, esmagando meus lábios aos dela. Os dedos de Mae agarraram meu cabelo enquanto eu a abaixava na cama e pairava acima de seu corpo. Sua barriga estava tão grande agora que ela normalmente me montava ou eu a tomava por trás, mas esta noite...

— Eu quero ver o seu rosto — murmurei e peguei o travesseiro. Coloquei sob as costas de Mae, levantando seus quadris. Enganchei suas pernas em meus braços; então baixei a cabeça, abri os lábios de sua boceta e lambi desde sua entrada até o clitóris.

— Styx! — ela choramingou e agarrou meu cabelo. Seu clitóris já estava inchado e cheio, e eu sabia que ela não demoraria muito para gozar.

Passei a língua sobre o botão até que seus quadris começaram a se mexer. Eu a mantive aberta enquanto a chupava. Então seu corpo ficou tenso e ela gritou ao gozar. Lambi sua boceta até que minha cadela estremeceu e tentou empurrar minha cabeça para longe.

Beijei a parte interna de suas coxas e, em seguida, subi pelos seus quadris, sobre sua barriga, até chegar aos seus peitos. Lambi a carne e chupei os mamilos duros em minha boca. Quando olhei para cima, os olhos de Mae estavam fechados e seus lábios entreabertos. Fios de seu cabelo escaparam dos grampos que os prendiam e ela parecia perfeita pra caralho.

Beijei seu pescoço, e então sua boca. Mergulhei minha língua, sabendo que ela seria capaz de sentir seu próprio gosto. Mas Mae se abriu, me trazendo para mais perto. Afastando-me de sua boca, tirei o cabelo caído de seu rosto.

— M-minha esposa — sussurrei e vi seus olhos se fecharem como se fossem as melhores palavras que ela já tinha ouvido.

— Meu marido — respondeu quando seus olhos se abriram novamente e passou os dedos pelo meu rosto.

— Mae — rosnei, precisando estar dentro dela.

Acomodei-me ainda mais entre suas pernas, levantei meu pau até sua entrada e, em seguida, empurrei para frente. Segurei sua cabeça entre minhas mãos, encostando minha barriga na dela. As mãos de Mae envolveram meu pescoço e eu não interrompi o contato visual. Aqueles olhos que me deixaram sob seu maldito feitiço. Os olhos de Mae, os olhos de Perséfone... malditos olhos de lobo.

Cerrei os dentes quando a enchi, chegando até ao fundo.

— River — Mae sussurrou, seus olhos brilhando com lágrimas. Ela me chamou de River. Mesmo agora, depois de todo esse tempo, quando ela me chamava pelo meu nome verdadeiro com seu sotaque estranho, eu perdia o controle.

— *B-Baby* — assobiei enquanto saía e voltava a investir contra ela. — P-perfeita pra c-caralho — acrescentei, mexendo meus quadris enquanto a tomava mais forte e mais rápido.

Mae gemeu, seus lábios se separando enquanto ela perdia o fôlego. Eu me movi mais rápido ainda, mais forte, mais fundo, então peguei uma de suas mãos atrás do meu pescoço. Entrelacei nossos dedos e coloquei sua mão contra a cama. Fiz o mesmo com a outra mão e olhei para as alianças em nossos dedos. Esses malditos anéis. Essas malditas peças de metal e ouro roubando meu fôlego.

— Meu marido — Mae murmurou, novamente, e senti sua boceta ordenhar o meu pau. — Styx... Eu vou... Eu vou... — ela gemeu, cortando suas palavras, antes que seus olhos travassem nos meus e ela gozasse. Sua boceta agarrou meu pau, e a visão dela, a cabeça inclinada para trás, a boca aberta, me fez penetrá-la mais uma vez quando também gozei, enchendo-a com a minha porra, sua boceta drenando tudo que eu tinha.

Investi dentro dela, repetidamente, até que deslizei para o lado, trazendo-a comigo. Estávamos cobertos de suor, mas eu amava sua aparência neste instante: lindamente fodida e toda minha. Eu ainda segurava a mão dela, aquela com o anel. Nada foi dito enquanto recuperávamos o fôlego, até que Mae aproximou a cabeça da minha.

— É estranho, não é, como uma joia tão pequena pode fazer seu coração parecer tão completo?

— Sim — admiti, com a voz rouca.

— No entanto, parece que sempre esteve lá. Sempre destinados a estes anéis simples a nos agraciar. Acho que quando Deus me projetou, ele já tinha você em mente. Veja. — Mae ergueu as mãos, seus malditos dedinhos contra os meus: pálidos contra bronzeados, limpos contra tatuados. — Uma combinação perfeita.

— V-você vai me m-matar, cadela — resmunguei e a observei sorrir para mim. Porra, eu tinha certeza de que nenhuma outra cadela no maldito planeta era tão bonita quanto ela.

— Fiquei tão orgulhosa de você hoje — ela disse, com os olhos brilhando novamente.

— Eu que-queria dizer aqueles v-votos — falei, dando de ombros.

— Você me surpreendeu, e a todos os outros lá. — Ela guiou minha mão para sua barriga e eu ri quando senti nosso filho chutar. Mae deu uma risadinha. — Acho que Charon está dizendo a você que ele também está orgulhoso do pai.

Eu não sei o porquê, mas esse foi o comentário que me atingiu com força.

# ENLACE SOMBRIO

— A-acho que nunca deixei meu p-pai o-o-orgulhoso — confessei e observei a expressão de Mae se tornar séria. Passei a mão sobre sua barriga pálida, sorrindo quando meu filho chutou novamente. — Quero ser um b-bom pai, M-Mae. Quero que no-nosso filho fique o-orgulhoso de mi-mim.

— Ele ficará — ela sussurrou, e observei as lágrimas rolarem pelo seu rosto. — Como ele não ficaria? Você ficou no altar hoje e falou. Eu vi você lutar contra seus demônios e vencer. Eu o vi lutar contra sua garganta pelas palavras que você tanto queria dizer. Na frente de uma multidão; o seu maior medo... E, ainda assim, você falou. Você segurou minhas mãos, embora elas tremessem, e se comprometeu comigo... e com nosso filho, em voz alta. — Ela fez uma pausa. — Ele terá orgulho de você. E vou ver Charon lhe adorar e querer ser igual a você. Seu papai, que luta, mas que se levanta, vitorioso, todas as vezes.

Engoli em seco com suas palavras, e ela se aproximou de mim. Sua cabeça repousada no meu travesseiro.

— O que foi? — perguntei.

— Eu escrevi meus votos para você, River. — Assenti com a cabeça, sabendo que ela tinha feito isso. Eu os tinha visto em seu bloco de notas. — Eu os escrevi antes de decidirmos pelos votos tradicionais. — Ela desviou o olhar, e, então, voltando-se para mim, disse: — Eu gostaria de dizê-los a você agora.

Eu concordei, sem conseguir dizer mais nada. Mae pigarreou e segurou minha mão. Então ela disse:

— River. Eu não sabia o que era a vida até encontrar você. O garoto que entrou na minha vida quando criança. O garoto sem voz que milagrosamente encontrou palavras na minha presença. O garoto que beijou minha boca, abençoando-me com o conceito estranho e inalcançável de esperança. O garoto que sempre estive destinada a amar. O garoto que tinha a música mais doce em seu coração, que me salvou e me mostrou o que era estar em casa. — Mae riu quando sua voz falhou de emoção.

Mas continuei ouvindo. Eu não queria perder nem uma única palavra.

— Você me aceitou, uma garota que não conheceu nada além de dor e tristeza em sua vida. E desde o momento em que o vi novamente, anos depois de você me confortar junto à cerca como uma criança devastada e ferida... — Ela sorriu. — E beijou meus lábios quando eu era uma garota de oito anos, eu me tornei sua. Lutamos. Tivemos que lutar muito para estarmos juntos, através de muitos obstáculos que vão além da conta. Mas no final, nosso amor foi triunfante. Um amor que era impossível de forjar em um mundo tão cruel, mas que se ergueu das cinzas do mesmo jeito, para ser puro, real e verdadeiro. — Mae colocou a mão na minha bochecha. —

Porque você é meu Hades, meu mal-compreendido e torturado senhor das trevas. E eu sou sua rainha, sua Perséfone, a mulher de olhos azuis que viu através de seu escudo e ganhou o seu coração. Para sempre manter. Para sempre meu. E o meu, para sempre seu.

Mae suspirou quando terminou, e não tive nenhuma maldita palavra. Nunca as tinha, mas desta vez foi pior.

— V-você é o m-mesmo para m-mim, *b-baby* — eu disse e observei o rosto de Mae derreter em pura felicidade. — V-você sabe disso, n-não sabe? Eu não t-tenho palavras, m-mas tenho aquela p-promessa.

— Obrigada — ela sussurrou como se eu tivesse acabado de escrever um maldito poema ou alguma merda do tipo.

— Amo você, *baby* — repeti e beijei seus lábios mais uma vez.

— Eu também amo você — ela respondeu, então lançou seu lindo sorriso para mim. — E você não gaguejou, nem mesmo uma vez.

Então tomei sua boca mais uma vez.

Quando Mae se afastou, ela disse:

— Toque. Toque para mim, River. — Sua mão foi para sua barriga. — Para nós.

Saindo da cama, peguei meu violão e me sentei ao lado dela. Mae se recostou ao meu ombro e colocou o braço em volta da minha cintura.

E eu toquei. Eu toquei e cantei até que a reivindiquei novamente, cara a cara, olhando para aqueles olhos de lobo que eu tanto amava.

Aqueles que eu nunca deixaria se afastar.

Nem por uma merda de segundo.

ENLACE SOMBRIO

# EPÍLOGO

## STYX

*Em uma praia no Texas*
*Um dia depois...*

Observei enquanto ela corria pela areia em direção à praia. O sol estava se pondo e a noite se aproximando. Ela olhou por cima do ombro, sorrindo; então olhou para o mar. Inalei trago após trago do meu cigarro e senti a porra da areia sob meus pés. Recostei-me à coluna da varanda da cabana que alugamos por uma semana.

Nada de clube.

Ninguém aqui além de nós.

Só eu e Mae e a porra da areia e do mar.

— Como é o mar? — ela havia perguntado muitos meses atrás. — *Qual é a sensação da areia em seus pés? Qual é a sensação das ondas tocando suas pernas nuas?*

— É o mar — eu disse e dei de ombros.

— É meu sonho vê-lo — ela disse, deitada em meu peito. — *Eu li sobre ele em livros. Seria a realização de um sonho sentir o cheiro do ar salgado e caminhar na areia dourada.*

Eu sabia que tinha que trazê-la aqui quando Beauty começou a me encher o saco sobre uma lua de mel. Uma merda de lua de mel. Eu era o *prez* de um maldito MC fora-da-lei. Não havia porra de lua de mel nas ilhas tropicais. Tínhamos inimigos farejando ao nosso redor vinte e quatro horas por dia, sete dias por semana, esperando uma chance para atacar. Eu tinha corridas para fazer e armas para vender. Mas eu poderia fazer isso. Texas. Praia. Mae agindo como se eu tivesse acabado de dar a ela a porra do sol.

— *E-entre na ca-caminhonete* — eu disse a ela esta manhã. — *Tem um lugar que quero mostrar para você.*

Mae entrou. Lilah tinha feito a mala dela com merdas para a semana inteira. Eu só precisava do meu *cut*, minha camiseta e a calça jeans.

— *Onde estamos indo?* — ela perguntou.

— *P-para um lugar* — respondi, e dirigi as quatro horas que levamos para chegar aqui.

Quando abri a porta cinco minutos atrás, o para-brisa nos mostrando nada além de uma cabana e uma praia particular, Mae arfou e ficou imóvel em seu banco.

— *Styx* — ela sussurrou, então abriu a porta da caminhonete e saiu. Suas mãos cobriram o rosto, então abaixaram quando ela inclinou a cabeça para trás e fechou os olhos assim que sentiu a brisa marítima soprar em sua pele.

E então ela saiu. Correndo para a areia, chutando as sandálias para fora dos pés. Mae riu alto, sentindo a areia sob seus pés. E correu em direção ao mar agitado.

Eu a segui e acendi um cigarro, e aqui estava eu agora.

Um grito de felicidade veio de Mae quando a água lambeu seus pés. Ela estava vestida com um longo vestido branco, o cabelo preto solto. O vento levantou os fios pretos como azeviche, e quando ela olhou para mim, rindo e sorrindo com aqueles lábios rosados que eu tanto amava, seus olhos azuis brilharam mais radiantes do que eu jamais os tinha visto antes.

Ela parou e estendeu a mão. Como uma merda de uma mariposa hipnotizada pela chama, andei sobre a areia até estar ao lado dela na beira da água. Passei os braços ao redor de sua cintura e ela se recostou em mim, cobrindo minhas mãos com as dela.

— Eu não posso acreditar que você me deu isso — ela sussurrou, sua voz trêmula enquanto observava o sol mergulhar no horizonte.

— Sim — respondi, com a voz rouca.

— Você sempre realiza meus sonhos, River. Todos eles. Cada dia com você é uma benção. — Ela se virou em meus braços. — Cada dia com você é um sonho que se torna realidade. Eu mal posso acreditar que esta é a minha vida.

— Sim — murmurei, novamente, e beijei seus lábios.

Quando me afastei, Mae segurou minha mão.

— Vamos para a cabana? Eu quero muito mostrar a você o quanto o amo. E quero fazer amor com meu marido, aquele que me dá o mundo de

ENLACE SOMBRIO

uma maneira que eu nunca pensei que fosse possível.

Mae sorriu, o vento soprou seu cabelo que cobriu aqueles olhos de lobo que eu adorava e eu simplesmente respondi:

— Sim.

Com ela, seria sempre *sim*.

**FIM**

# LIVROS DA SÉRIE PUBLICADOS

#1

#2

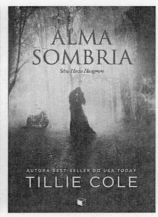

#3

#4

#5

#5,5

# RELEIA DE ONDE TUDO COMEÇOU

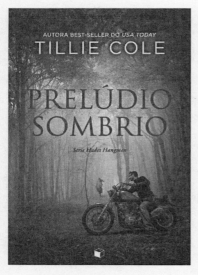

Pecar nunca pareceu tão bom... Um encontro fortuito, que nunca deveria ter acontecido.

Muitos anos atrás, duas crianças de mundos completamente diferentes forjaram um laço inquebrável que mudaria suas vidas para sempre...

Salome conhece apenas uma maneira de viver: sob as regras do Profeta David. Na comuna que ela chama de lar, Salome não conhece nada além da sua rigorosa fé, nem a vida além da cerca; a cerca que a enjaula, mantendo-a presa em um círculo vicioso de tormento. Uma vida à qual acredita estar destinada, até que um evento horrível a liberta.

Fugindo da segurança de tudo o que conhecia, Salome é jogada no mundo exterior... Um mundo aterrorizante, cheio de pecados e incertezas; e nos braços de uma pessoa que ela acreditava que nunca veria novamente.

River 'Styx' Nash sabe da única certeza da vida — ele nasceu para usar um colete de couro. Criado em um mundo turbulento de sexo, Harleys e drogas, Styx inesperadamente se vê com o martelo do Hades Hangmen pesando sobre seus ombros, e tudo isso aos vinte e seis anos, para o deleite dos seus desafetos.

Atormentado pela impossibilidade de falar, Styx aprende rapidamente a lidar com seus inimigos. Punhos poderosos, uma mandíbula de ferro e a habilidade excepcional com sua preciosa faca alemã, lhe rendem a assustadora reputação de ser um homem que não deve ser incomodado no obscuro mundo dos MCs foras da lei. Uma reputação que mantém, com sucesso, a maioria das pessoas bem afastadas.

Styx tem uma única regra na vida: nunca deixar alguém se aproximar demais. É um plano ao qual se mantém fiel há anos, até que uma jovem é encontrada ferida no seu território... Uma mulher que lhe parece estranhamente familiar, uma mulher que claramente não pertence ao mundo dele, mas que ainda assim, Styx não consegue deixar ir...

# AGRADECIMENTOS

Mamãe e papai, obrigada por todo o apoio. Obrigada ao meu marido, Stephen, por me manter sã. Samantha, Marc, Taylor, Isaac, Archie e Elias, amo todos vocês.

Thessa, obrigada por ser a melhor assistente do mundo. Você faz as melhores revisões, me mantém organizada e é uma amiga incrível!

Liz, obrigada por ser minha superagente e amiga.

Para minha fabulosa editora, Stephanie. Eu não poderia ter feito isso sem você.

Para meus leitores beta de confiança, vocês são incríveis. Obrigada!

Neda e Ardent PRose, estou tão feliz por ter embarcado com vocês nessa jornada. Vocês tornaram minha vida infinitamente mais organizada. Vocês são as melhores!

Para meu Hangmen Harem, eu não poderia pedir melhores amigas literárias, obrigada por tudo que vocês fazem por mim.

Minhas Flame Whores, vocês tornam cada dia um pouco mais especial. Obrigada.

Jenny e Gitte – vocês sabem como me sinto sobre vocês duas. Amo demais! Eu realmente valorizo tudo o que vocês fizeram por mim ao longo dos anos e continuam a fazer!

Obrigada a todos os blogueiros INCRÍVEIS que apoiaram minha carreira desde o início e àqueles que me ajudaram a compartilhar meu trabalho e panfletá-lo.

Obrigada a todos os meus maravilhosos amigos autores. Seria um mundo assustador sem vocês para me apoiarem.

E, por último, obrigada aos leitores. Sem vocês, nada disso seria possível.

*Viva livre. Corra livre. Morra livre!*

# PRIMEIROS CAPÍTULOS

# TRÍADE SOMBRIA

*Série Hades Hangmen*

# SINOPSE

*Só o amor sem limites pode silenciar os sussurros do passado...*
Uma mulher quebrada.
Um homem ferido.
Um espírito livre com a intenção de salvar os dois.

Elysia "Sia" Willis vive uma vida solitária. A única pessoa nela é seu irmão mais velho, Ky, *VP* do infame clube Hades Hangmen. Ela o ama, mas não tem absolutamente nenhum amor pelo MC fora da lei ao qual ele pertence.

Criada em segredo por sua mãe, Sia cresceu separada do irmão e do pai distante. Ninguém sabia que ela existia.

Após o trágico assassinato de sua mãe, Sia se rebelou contra as regras dos Hangmen. Uma rebelião com consequências terríveis da qual agora, anos depois, ela ainda não consegue escapar.

Enquanto vive mais uma vez em segredo, feliz e sozinha em seu rancho isolado, um demônio de seu passado volta para assombrá-la. Um demônio que quer possuí-la mais uma vez e tirá-la da vida simples que ela não queria perder.

E ele não vai parar por nada até pegar o que acredita ser seu: ela.

Valan "Hush" Durand e Aubin "Cowboy" Breaux finalmente encontraram um lar no Hangmen. A notoriamente privada dupla cajun, por enquanto, deixou de lado o que os expulsou de sua amada Louisiana. Mas à medida que as ameaças ao clube aumentam, Hush e Cowboy recebem uma tarefa — proteger Elysia Willis a todo custo. Cowboy aceita alegremente o trabalho de zelar pela bela mulher de cabelos loiros e olhos azuis.

Hush luta contra aquilo.

Machucado por eventos de seu passado e um segredo que assola sua vida cotidiana, Hush se recusa a deixar que alguém se aproxime. Apenas Cowboy o conhece de verdade. Até que uma certa irmã do *VP* do clube começa a derrubar lentamente suas defesas, quebrando as paredes fortemente construídas que protegem sua alma danificada... com seu melhor amigo liderando o ataque.

À medida que corações perdidos e abertos começam a se fundir, levando um ao outro da dor indescritível ao alívio e paz nunca antes sentidos, a tríade recém-constituída deve primeiro enfrentar mais um caminho rochoso.

Só então eles finalmente se libertarão das amarras de seus passados.

Apenas então eles se livrarão das amarras que, por muito tempo, mantiveram suas felicidades cativas.

E há apenas uma maneira de sobreviver a esse caminho... juntos.

# PRÓLOGO

**SIA**

*México — Sete anos atrás...*

Corri pelo corredor. Mantive o rosto para frente enquanto me aproximava da porta do quarto. Meu coração estava batendo tão rápido que roubou minha respiração. Eu me atrapalhei com a maçaneta. Então, passos pesados começaram a ecoar pelo corredor. Minhas mãos tremiam, o medo tomando conta de mim. Mas a maçaneta finalmente girou.

Fugi para dentro do quarto, mas antes que pudesse me esconder em um lugar seguro, uma mão agarrou meu braço. Juan me puxou e me jogou contra a parede. Perdi o fôlego, minhas costas latejando com o contato. Os olhos escuros de Juan focados nos meus. Ele parecia tão perfeito como sempre.

Mas ele não era perfeito. O homem que eu amava... por quem eu tinha me apaixonado tão rápida e profundamente... não era o homem que pensei que fosse.

Ele era... ele era mau.

— Por que você me empurrou, bella? — Congelei, todos os músculos do meu corpo enrijeceram enquanto Juan passava o dedo pelo meu rosto. Meus lábios tremiam, minhas costas ainda contra a parede.

— Eu... sinto muito — sussurrei, minha voz travando na minha respiração gaguejada.

Juan sorriu, então se inclinou e pressionou os lábios nos meus. Eu queria correr. Queria gritar, dizer a ele para ir embora, mas estava paralisada de medo.

— Eu não quero machucar você — disse, movendo a cabeça para que seu nariz pudesse tocar o lado do meu pescoço. Sua mão segurou minha cintura.

*Ele ainda cheirava tão bem como sempre. Ainda parecia tão bonito quanto no primeiro dia em que o conheci. Tudo sobre ele tinha me atraído. E agora eu estava presa. Uma garota idiota, enganada pelo lindo sorriso do demônio.*

*— Você é minha rainha,* bella. *— Ele beijou meu pescoço, em seguida, segurou meu rosto em suas mãos. Seus olhos estudaram os meus; eu não sabia para quê. Tentei sorrir. Para provar que ele podia confiar em mim... que não precisava mais me ensinar nenhuma lição. Não podia aguentar mais.*

*Mas as mãos de Juan apertaram meu rosto, esmagando até que minhas pernas começaram a ceder. Apertei meus lábios, tentando abafar o grito de dor. Fechei os olhos com força.*

*— Abra os olhos,* bella *— Juan ordenou, sua boca contra o meu ouvido. Senti meu corpo ficar gelado, mas fiz o que ele mandou. — Ótimo — falou, sorrindo com orgulho e afrouxando o aperto. Arfei de alívio. — Eu escolhi você,* bella. *Escolhi você para ficar ao meu lado. — A náusea tomou conta de mim quando ele disse: — Sua vida poderia ter sido tão diferente se eu não tivesse visto algo especial dentro de você. Sabia disso?*

*— Sim — respondi. E eu sabia que ele estava certo. O que eu tinha visto... o que ele fez com eles... Eu sabia que poderia ter sido diferente pra caramba para mim.*

*Juan me beijou de novo, suave e doce, um completo contraste com a ameaça que acabara de jogar sobre mim.*

*— Não posso ficar longe de você,* bella. *— Ele beijou minha testa. — Você é minha,* rosa negra. *E eu nunca vou deixar você ir...*

**TILLIE COLE**

# CAPÍTULO UM

**SIA**

*High Ranch — Austin, Texas — Dias atuais*
— Parada... Parada...

As orelhas de Sandy balançaram para frente e para trás enquanto me ouvia acalmá-la do meu lugar no centro do ringue. Mantive solta a rédea de treinamento da minha mais nova égua enquanto ela trotava na areia. Sua pelagem estava banhada de suor; a minha testa também. O sol estava queimando um buraco na minha roupa.

— Ok, chega por hoje — anunciei, tanto para Sandy quanto para mim mesma.

Tinha acabado de alimentá-la com feno e água e trancar a porta da sua baia quando ouvi o som muito familiar de motocicletas rugindo à distância.

Franzindo a testa, saí do celeiro. Fui até a frente da minha casa e avistei duas Harleys enquanto elas se aproximavam da porta.

Styx e Ky, eu percebi surpresa, acenando para eles, mas não recebi o cumprimento de volta.

Sentei no último degrau da varanda quando pararam e baixaram os estribos das motos. Ky alisou o cabelo comprido e caminhou em minha direção. Eu me levantei.

— O que vocês estão fazendo aqui? — perguntei, abraçando-o.

Ele me segurou em seu abraço um pouco demais. Foi estranho. Eu me afastei, curiosa, apenas para desviar o olhar, observando meu rancho. Estava prestes a perguntar a ele o que estava acontecendo quando Styx veio em minha direção e me envolveu brevemente com apenas um braço.

— Oi, Styx. Como estão Mae e a barriguinha?

A sombra de um sorriso surgiu nos seus lábios.

— *Bem* — ele sinalizou, mas minha atenção voltou para Ky quando meu irmão disse:

— Entre, irmã. Nós precisamos conversar.

Ele agarrou meu cotovelo e me guiou com força pelos degraus da varanda.

— Ei! — Eu disse. Ele puxou com mais força, sem soltar meu braço. — Ei! Idiota! — Puxei o braço para trás e virei para encontrar a cara mal--humorada do meu irmão. — Que merda você está fazendo?

— Pela primeira vez na porra da sua vida, pode apenas fazer o que eu digo, Sia? — Ky falou, exasperado. Seu rosto estava vermelho... Na verdade, seus olhos também.

Cruzei os braços sobre o peito.

— O que aconteceu? Por que seus olhos estão vermelhos? Por que você está parecendo uma merda? — Balancei a cabeça. — E, mais especificamente, por que está me tratando como uma maldita criança?

Ky suspirou. Seus olhos se fecharam e ele abriu a boca para falar. Mas então não disse nada... Styx pigarreou.

— *Tem sido um período estressante ultimamente.*

— Por quê? — perguntei, imediatamente em pânico. — Lilah está bem? Grace? — Eu rapidamente observei meu irmão em busca de feridas, ou... Inferno, eu não sabia o que mais, em que tipo de problemas os motoqueiros podem se enfiar. — *Você* está bem?

Meu coração começou a bater forte, uma estranha sensação de pavor percorrendo meu corpo como um veneno. Ky abriu os olhos e assentiu com a cabeça.

— Está todo mundo bem. — Mas pude ver além de seu fingimento. Eu estava prestes a chamar sua atenção quando Ky deixou escapar: — Garcia está de volta.

Eu tinha certeza de que o vento quente soprava, porque vi mechas do meu cabelo loiro flutuando na frente dos meus olhos, mas não o senti. A boca de Ky estava se mexendo, dizendo algo que eu deveria ouvir, mas para meus ouvidos, ela não fez nenhum som. Eu estava perdida na memória de passos pesados no piso de madeira enquanto se aproximavam do meu quarto. Memórias de gritos e ordens rosnadas açoitaram minha mente... e o toque *dele*, os dedos *dele* deslizando pelas minhas costas, os lábios *dele* beliscando minha orelha enquanto acariciava minha carne queimada. Enquanto...

**TILLIE COLE**

— Sia! — Ky estava segurando meus braços, me sacudindo para me tirar do meu estupor. Pisquei rapidamente para livrar a enxurrada de lágrimas dos meus olhos, mas um nó sufocante obstruiu minha garganta. — Sia — repetiu, mais suave desta vez. Encarei meu irmão, sem dizer nada. — Entre.

Eu o deixei me levar para dentro da casa e me sentar no sofá. Um copo de uísque apareceu na minha mão um segundo depois, cortesia de Styx. Bebi tudo de um gole, saboreando a sensação de queimação que encheu meu peito. Coloquei o copo trêmulo na mesa de centro e virei-me para olhar para Ky.

— Você está melhor?

— Sim — respondi. — Ele... ele me encontrou? — Minha voz estava embargada. Eu não poderia ter escondido meu medo mesmo se quisesse.

— Ainda não — Ky me assegurou. Ele se levantou e começou a andar. — Tivemos umas merdas no clube um tempo atrás, e Garcia estava envolvido. O filho da puta viu eu e o Styx. — Ky encontrou o olhar de Styx, que assentiu com a cabeça. Meu irmão tirou um envelope do bolso de seu colete e o colocou diante de mim. Encarei o papel de carta obviamente caro sobre a mesa. Minhas mãos tremiam enquanto lentamente estendi a mão e o abri. Uma foto Polaroid apareceu. Quando finalmente tirei a foto e a virei para ver, cada gota de sangue em minhas veias pareceu escorrer para os meus pés.

Uma única rosa negra.

Uma rosa negra, em uma cama que reconheci muito bem.

Não tinha nenhum bilhete. Nenhuma explicação. Mas eu não precisava de uma. Esta imagem falou mais do que mil palavras jamais poderiam.

*Mi rosa negra*", o eco de sua voz sussurrou em minha mente. Seu forte sotaque mexicano deslizando em torno das palavras como um lenço de seda delicado enrolado em uma videira cravejada de espinhos.

Todos os cabelos da minha nuca se arrepiaram.

— Para onde...? — Pigarreei, limpando a garganta. — Para onde isso foi enviado?

— Para o clube. — Ky se abaixou para se sentar ao meu lado. — Não gosto dessa merda enigmática — apontou para a Polaroid —, mas sei que é a marca dele ou algo assim, não é? A que ele fez em você? Nas garotas que ele trafica?

Instintivamente passei a mão sobre a camisa xadrez que cobria meu ombro, onde a pequena rosa negra tatuada havia profanado minha pele. Eu ainda podia sentir a cicatriz sob meus dedos, fora de vista, mas que nunca sumira.

E se alguma vez eu ousasse mostrar minha pele nua ao sol, um contorno

TRÍADE SOMBRIA

branco se formaria conforme a área ao redor se bronzeasse. Apagada, mas gravada para sempre em minha própria carne.

Pior ainda, quanto mais eu olhava para aquela foto, mais uma pessoa surgia em minha mente, um rosto do qual eu me lembrava reflexivamente várias vezes ao dia. Breves imagens do que poderia ter acontecido com ela. Mas apenas o suficiente para me assombrar; eu não sabia como desbloquear mentalmente o resto. Onde ela estava...

— Sia! — Ky chamou. Pisquei até minha visão voltar ao foco. Meu irmão se ajoelhou na minha frente. — Você vai para casa comigo.

Balancei minha cabeça.

— Não. — Cruzei os braços na frente do peito, abraçando-me como um escudo para afastar a ideia de ir embora. — Eu não quero. — Passei os olhos ao redor da minha casa. O único lugar em que agora me sentia segura. — Você sabe que não posso. — Ky abriu a boca, mas o interrompi antes que pudesse dizer algo: — Sei que fui aos casamentos de vocês. Eu não os teria perdido por nada neste mundo. Mas não posso ficar longe daqui por muito tempo. Eu... Eu... — Procurei mais por uma explicação, para colocar em palavras o fluxo insípido de ansiedade que estava se formando em meu estômago como um buraco negro, roubando toda a minha coragem, minha razão, minha sanidade, meu próprio ser.

Era irônico: quando eu era adolescente, fiz uma promessa de deixar Austin e romper todo o contato com os Hangmen.

E então, uma fuga...

Isso foi o suficiente para me fazer desejar nunca ter posto os pés fora do Texas. Nunca corte todos os laços com os Hangmen.

E um homem...

Um homem, chamado Garcia, para me fazer ansiar pelos dias preguiçosos do Texas e o som dos cascos dos cavalos batendo na grama do lado de fora da janela do meu antigo quarto.

— Eu não dou a mínima se você quer ou não, Sia. Você está vai, e ponto final.

A falta de empatia na ordem direta de Ky rompeu a névoa mental que protegia meus pensamentos internos. Uma lufada reavivou o fogo que queimava dentro de mim. Meu queixo se ergueu e meus olhos se estreitaram para encarar meu irmão.

— Não se atreva a falar assim comigo, Kyler Willis. Não me confunda com uma puta de clube qualquer que vai pular sob o seu comando. — O rosto de Ky ficou vermelho; mas eu não aceitaria que falassem comigo assim. Neste momento, meu irmão parecia com o único homem que me tratou como uma criança errante. Um homem que culpei por toda a merda da minha vida. — Eu amo a Lilah, de verdade. Mas não sou uma mulher mansa e submissa que aceitará suas ordens. Eu sou sua irmã, não seu cachorro de estimação.

Ky se levantou lentamente, fechando os olhos e respirando fundo.

— Ele sabe onde eu moro? — perguntei ao meu irmão. Ele não respondeu. — Eu perguntei: o Garcia sabe onde estou?

Os olhos de Ky se abriram.

— É só uma questão de tempo.

Eu me levantei, ignorando o tremor de minhas pernas e corajosamente encarei os olhos de Ky.

— Então eu não vou deixar meu rancho. Estou escondida. Estive escondida por anos. Identidade falsa. Atividades falsas neste lugar. Pelo amor de Deus, eu moro na porra de uma floresta. Não tem ninguém por perto por quilômetros. Ele não vai me fazer ir embora da minha casa. Não vou dar a ele essa satisfação.

— Acho que não. — Ky se endireitou ainda mais. — Suba e faça uma mala, e diga àquela jovem cadela que contratamos para ajudá-la, que ela cuidará das coisas por aqui até você voltar. Diga que houve uma emergência familiar ou alguma merda do tipo.

Meu coração bateu mais rápido.

— Eu. Não. Vou. Clara não consegue lidar com tudo sozinha. Temos duas éguas a ponto de parir, dois broncos que precisam de treinamento com sela. Sou necessária aqui.

Discutimos por mais um tempo, nossas vozes e temperamentos aumentando, até que um assobio alto cortou nossa briga. Mudei minha atenção para Styx, que estava de pé diante da lareira. Seu rosto era como um trovão e ele parecia a porra de um titã, de tão grande que era. Styx ergueu as mãos.

— *Sia, pegue suas coisas. Você vem com a gente.* — Engoli em seco, a derrota caindo sobre mim como uma chuva indesejada em um dia ensolarado. — *Ky, se acalme, porra.*

Ky se virou e saiu pela porta da frente da *minha* casa. Observei meu irmão se afastar.

Tive uma sensação estranha de que isso — a discussão, seu péssimo humor — não era tudo culpa de Garcia.

Styx pigarreou.

— *Vocês dois são parecidos demais. Ambos são um pé no saco.* — Ele fez uma pausa e então sinalizou: — *Tem mais coisa rolando no clube do que você imagina. Então, que tal você dar um tempo com o drama? Já tenho o suficiente disso no dia a dia com meus irmãos idiotas sem adicionar você à equação.* — Seus lábios estavam apertados, e eu sabia que não ia conseguir que as coisas fossem como eu queria. — *Você vem com a gente, e não estou dando outra opção. Você é da família*

TRÍADE SOMBRIA

*Hangmen. E aquele filho da puta está farejando o ar. Faça suas malas para irmos embora.*

Sentindo-me como uma adolescente mal-humorada, passei por Styx em direção ao quarto e esbarrei no seu ombro enquanto passava. Ele nem mesmo se moveu.

— Às vezes eu odeio a porra da família na qual nasci. Idiotas chauvinistas. Vocês todos têm complexos de deus.

Styx nem mesmo vacilou com minhas palavras.

— *Contanto que esse complexo pertença ao Senhor das Trevas segurando uma forca e uma metralhadora, fico contente em ter essa merda. As cosias são assim e não vai ser diferente porque você está fazendo birra* — ele sinalizou. — *Você não precisa gostar de minhas ordens, mas vai obedecê-las.* — Em seguida, acrescentou: — *Você tem dez minutos.* — E saiu atrás de meu irmão.

Irritada demais para me importar com o que havia de errado com Ky — provavelmente era algum "negócio do clube" que eu não teria permissão de saber de qualquer maneira — coloquei minhas roupas e produtos de higiene pessoal em uma bolsa e liguei para Clara para pedir a ela para cuidar do rancho enquanto eu estava fora e pedir ajuda do veterinário, caso precisasse. Ele me devia um favor ou um milhão deles por aceitar cavalos doentes quando seu consultório estava lotado.

Dez minutos depois, minha casa estava pronta e subi em minha caminhonete, seguindo meus irmãos até o complexo dos Hangmen. A cada quilômetro que eu dirigia para longe do meu rancho, do meu porto seguro, sentia-me cada vez menos eu mesma. Ouvia a voz de Garcia na minha cabeça, dizendo-me que estava vindo atrás de mim. Ameaçando que me possuiria de uma vez por todas.

Mas, como Kyler, eu era boa em esconder o que estava me incomodando.

Então, eu colocaria minha máscara e ficaria no clube por um tempo. Ao passarmos pelo centro de Austin, as luzes da South Congress Avenue iluminando a cabine da minha caminhonete, deixei duas imagens de Hades me guiarem: seu rosto presunçoso e uma forca, lembrando por que fugi tantos anos atrás.

Esse clube era areia movediça. Uma areia movediça na qual eu estava decidida a não ficar presa.

— Tia Sia! — No segundo em que abri a porta da casa de Ky, Grace veio correndo e se jogou nas minhas pernas.

— Gracie amorzinho! — falei, jogando as malas no chão. Peguei minha sobrinha no colo e beijei sua bochecha. Puxei uma mecha de seu cabelo encaracolado. — Cachinhos?

— Mamãe enrolou para mim agora, antes de dormir.

— Você está linda, querida. — Olhei por cima do ombro enquanto meu irmão passava por nós, tocando o cabelo de Grace antes de ir direto para a sala de estar. — Onde está sua mãe, querida?

— Na sala de estar.

Caminhei na direção da sala para ver Ky sentado no sofá, beijando sua esposa.

— Eu estou bem. Você precisa parar de ser superprotetor. — Ouvi Lilah sussurrar contra seus lábios.

Grace gemeu e cobriu os olhos.

— Eles estão se beijando. De novo!

Eu ri. Ky e Lilah se viraram. Ela se moveu para se levantar do sofá e Ky agarrou a mão dela, ajudando-a a se levantar. Lilah colocou a mão em sua bochecha.

— Eu estou bem, Ky. Relaxe. Não estou doente.

Ky parecia prestes a discutir, mas depois fechou a boca. Ele desviou os olhos para mim, depois de volta para sua esposa.

— Vou tomar um banho.

Lilah se virou em minha direção, um sorriso enorme se espalhando em seus lábios.

— Sia! — cantarolou, enquanto vinha em minha direção. Coloquei Grace no chão e Lilah passou os braços em volta de mim. — É tão bom ver você.

Eu a abracei de volta.

— Está tudo bem?

— Sim, está — respondeu, e foi para a cozinha. Ela havia sido operada um tempo atrás, mas, pelo que eu sabia, tinha se recuperado totalmente. — Mais precisamente, você está bem? — Ela colocou água na cafeteira e se virou para mim. — Não sei tudo, mas sei que Ky está preocupado com aquele homem... — Ela abaixou a voz, verificando se Grace ainda estava brincando na sala de estar. — Do seu passado.

Engoli em seco, mas assenti com a cabeça. Lilah sorriu, o cabelo caindo sobre os olhos. Lilah conhecia homens como Garcia. Ela tinha vivido com alguns piores quando criança. No entanto, tinha sobervivido.

Eu sabia, na verdade, que ainda vivia no purgatório. A verdade era que eu não tinha vivido muito desde que voltei para casa daquela época horrível

TRÍADE SOMBRIA

no México. Lilah não sabia, mas ela era minha heroína; por passar pelo que ela passou e sobreviver tempo suficiente para ter seu próprio "felizes para sempre". Era meu maior sonho, mas eu não era ingênua. Lilah teve sorte. Eu era mercadoria danificada. Nem todos nós conseguimos o final de conto de fadas.

— Espero que goste de descafeinado. É tudo o que temos.

— Claro — respondi. Ela se sentou ao meu lado na mesa. Meu coração apertou ao ver a cicatriz em seu rosto. Era sempre assim. Tomei um gole do café. — O que há de errado com o Ky, Li?

Lilah congelou, a xícara a meio caminho da boca. Ela suspirou e balançou a cabeça, demorando alguns minutos para responder.

— Ele fica sobrecarregado às vezes. Sei que ele pode ser agressivo e rude, mas está lidando com muita coisa. O clube, as ameaças. Eu. — Ela deu uma risada e brincou com sua xícara. — Ele sempre se preocupa comigo. Com Grace. — Ela levantou o olhar e acrescentou: — E você. Não tenho certeza se sabe o quão protetor ele é com você, Sia. Ele se preocupa muito contigo. Tanto que quebrou o protocolo do clube e me contou sobre o homem que a machucou, aquele que voltou. Isso estava pesando muito na mente do Ky. Ele precisava desabafar comigo. — Lilah apertou minha mão. — Você é sua única família de sangue. Ele a ama tanto. — Uma pausa. Um sorriso terno. — Todos nós a amamos. Grace, seu irmão e eu.

A confissão suave de Lilah fez a raiva que eu estava mantendo no coração diminuir. Naquele momento, eu não conseguia falar. Ele era tudo o que eu realmente tinha; todos eles eram. O som da risada de Grace chamou minha atenção para a sala. Ky tinha acabado de sair do banho, vestindo apenas uma calça jeans, o cabelo comprido pingando água. Grace gritou e correu para o sofá enquanto ele jogava as gotas de água nela.

Lilah riu, o som suficiente foi para atrair o olhar do meu irmão. Ele olhou além dela, para mim, e o sorriso que estava ostentando para sua filha diminuiu. Dei a ele um pequeno aceno de cabeça, contente por vê-lo feliz. Ky entrou na cozinha e se serviu de café.

— Acho que vou dormir — comentei. — Levantar de madrugada todos os dias no rancho me deixa cansada bem cedo. — Ergui-me da cadeira. Lilah também veio, mas eu estendi minha mão. — Por favor, não se levante. Presumo que ficarei no quarto de hóspedes, certo?

— Sim, está tudo pronto para você — Lilah disse. — Boa noite, Sia. Conversamos mais amanhã.

— Boa noite, Li — respondi, e acrescentei: — Ky.

Eu estava quase fora do alcance da voz quando o ouvi responder:

— Boa noite, mana. — E como sempre, desde o dia em que me resgatou do inferno no México, meu coração se derreteu um pouco mais em relação a ele.

76                                        TILLIE COLE

O cara poderia ser um idiota; às vezes muito parecido com o Papai Willis. Mas dentro dele vivia uma bondade, que nosso pai nunca teve. Uma bondade que eu sabia que foi herdada diretamente de nossa mãe.

Uma bondade que era impossível não adorar.

TRÍADE SOMBRIA

## CAPÍTULO DOIS

**HUSH**

AK entregou as armas ao checheno. Sentei no banco da minha Harley, arma na mão, observando o velho moinho deserto. Depois do show de horrores que foi a rede de tráfico sexual da Klan, e toda a merda com Phebe, eu nunca mais confiei em nenhum filho da puta.

Na verdade, eu não fazia isso há muito tempo.

Os chechenos dirigiram a van para longe do local de troca. AK embolsou o dinheiro, pegou um cigarro em seu *cut* e voltou para sua moto, que estava entre as de Viking e Flame. Cowboy estava ao meu lado, deitado em sua Chopper. O filho da puta estava aproveitando o sol.

Uma porra de uma risada animada veio de Viking enquanto olhava para o telefone. AK olhou na direção do irmão. Vike ergueu os olhos e balançou as sobrancelhas.

— Carne nova, garotos. Tem uma boceta nova no complexo.

Cowboy riu e puxou a frente de seu Stetson sobre os olhos. Cowboy era o homem mais descontraído que já conheci. Nada o perturbava. Vivia pelo momento, um dia de cada vez.

— Quem? — AK perguntou.

Viking jogou a perna por cima do banco de sua Harley.

— A porra de um ovo de ouro.

Arqueei uma sobrancelha.

— O que diabos isso quer dizer, *mon frère*[1]?

— Isso significa, querido Hush, que temos uma boceta *fora dos limites*. — Ele pensou por um segundo e então sorriu. — Tipo, toque nela e suas bolas serão cortadas por puro prazer.

Esperei que continuasse. O filho da puta adorava um drama. Até mesmo Flame olhou em sua direção quando Vike se inclinou para frente e anunciou:

— Uma certa irmã se mudou para o complexo. Uma certa irmã com longos cabelos loiros, olhos azuis e *hmmm*... — Ele gemeu e ajeitou o pau dentro da calça jeans. — Um belo corpo, peitos... uma bunda redonda e suculenta. — Abriu os olhos. — Sim, a cadela está implorando por um bote da minha anaconda. Pelo menos ela vai implorar quando eu aplicar o feitiço da cobra do Viking nela.

— Irmã de quem? — AK perguntou, então, um segundo depois, riu da cara de Viking. — Você não está falando sobre a irmã do Ky, está? A Sia?

Meu corpo ficou tenso enquanto esperava a resposta. Minhas malditas mãos tremeram ao lado do corpo enquanto esperava a montanha ruiva falar.

— A própria. — Ele saltou da moto e apontou para todos nós. — Já aviso que vi primeiro, aquela boceta é minha.

Sia... Vike começou a falar sobre como ela o fodeu com os olhos no casamento de Styx. Mas eu estava congelado, pensando na irmã mais nova de Ky. Senti alguém me observando. Levantei o olhar e Cowboy havia levantado seu Stetson e estava olhando para mim. Uma única sobrancelha se ergueu lentamente. Um segundo depois, voltei ao foco e me ajeitei na moto. Voltei a focar na conversa, ignorando Cowboy, que ainda estava me observando. Eu sabia por que, mas não iria pensar sobre essa merda agora.

— Em primeiro lugar, não estou procurando uma boceta — AK respondeu a algo que Viking disse. — E em segundo, Ky iria realmente arrancar seu pau desta vez se você tocasse em sua irmãzinha. Sabe, aquela que ele passou anos de sua vida escondendo.

Vike olhou para Flame. O maldito psicopata apenas olhou para ele e, em seguida, passou a mão sobre sua aliança de casamento. Vike revirou os olhos.

— Eu juro, desde que vocês dois levaram chave de boceta, deixaram de ser divertidos. Suas cadelas estão carregando suas bolas dentro da bolsa. Acariciando-as sempre que tiram o dinheiro que vocês, sem dúvida, estão liberando. — Ele olhou direto para mim e para o Cowboy. — Na verdade, eu avisaria vocês dois, mas acho que não adianta. Vocês quase nunca estão

---

1   *Mon frère* (francês) – meu irmão.

TRÍADE SOMBRIA

no clube, provavelmente fodendo um ao outro ou comendo tantos pedaços de abacaxi que equivalem ao seu peso.

Olhei para o Cowboy em busca de uma explicação, mas ele apenas riu e balançou a cabeça, silenciosamente me dizendo para não me incomodar em perguntar.

— Só sobra eu — ele falou alegremente e voltou para sua moto. — É hora do Viking molhar o biscoito.

— Apenas se certifique de que desta vez seja Sia, ok? — AK recomendou.

Viking revirou os olhos.

— Eles têm o mesmo maldito cabelo!

— Sobre o que vocês estão falando? — Cowboy perguntou, montando em sua Chopper.

— Esse filho da puta aí. — AK apontou para Vike e começou a rir. — Ficou trêbado de uísque no casamento do Styx e se aproximou da Sia no bar. Começou a sussurrar em seu ouvido e acariciar seus cabelos, tentou esfregar o pau contra suas costas.

— Só estava tentando mostrar a ela as coisas — Vike murmurou.

Uma onda de ciúme tomou conta de mim quando imaginei Vike tocando-a. Ela se sentou comigo e Cowboy na maior parte daquele casamento. Eu não tinha visto Vike chegar perto dela, e Sia não tinha ficado muito tempo, preferindo voltar para a cabana de seu irmão com Lilah...

— Só que não era Sia, não é, Vike?

Um rubor cobriu as bochechas de Vike. Foi a única vez que vi o filho da puta envergonhado. Ele se levantou do banco e admitiu:

— Olha, ela e o Ky são idênticos pra caralho, ok?

AK e Cowboy começaram a rir, e não pude deixar de me juntar a eles também. Porra, até os lábios de Flame estavam se contraindo.

— Você deveria ter visto o rosto do Ky quando se virou e Vike estava todo encostado nele — AK falou, em meio às lágrimas de riso.

Vike coçou o queixo.

— Levei um soco no queixo naquela noite. Os punhos do VP são como malditas pedras. — Vike cruzou os braços defensivamente enquanto todos nós ríamos dele. Quando nos acalmamos, ele olhou para mim e para o Cowboy e disse: — Vocês dois gostam de pau; sejam honestos... Ky é um irmão bonito, certo?

Balancei a cabeça, ignorando o idiota, mas Cowboy deu de ombros e concordou:

— Ele é muito bonito, *mon frère*.

— Viu?! — Vike argumentou. — Um erro fácil de se cometer — resmungou. — O cara gay entende. Claramente, o único entre vocês com bom gosto, seus filhos da puta.

Todos nós montamos em nossas motos, ignorando Viking, precisando dirigir de volta para o complexo. Então Vike acrescentou, mais para si mesmo do que para nós:

— E, porra, o cabelo daquele irmão era tão macio. Cheirava bem também... como baunilha queimada e açúcar refinado.

AK balançou a cabeça para seu melhor amigo. Então, liderando o comboio, ergueu a mão e sinalizou para que pegássemos a estrada. Quando saímos para as ruas secundárias, o vento no meu rosto e Cowboy ao meu lado, tudo que eu conseguia pensar era nos olhos azuis de Sia e nos longos cabelos loiros. E seu sorriso.

Merda. A cadela tinha um sorriso de matar.

Pena que eu só o veria de longe.

— Chegaram — Tank anunciou, quando entramos no bar do clube.

Tanner estava sentado ao lado dele. Como sempre, olhei para os dois. Tank não era tão ruim. Ele conseguiu cobrir a maior parte de suas tatuagens nazistas com as de Hades. Mas Tanner, o maldito Príncipe Branco da Klan, não me fez sentir nada além de raiva. O irmão poderia ter dito que mudou de caminho e fugiu para as boas graças de Styx. Mas eu nunca confiaria em nenhum membro da Klan. Minha mão esquerda se contraiu para puxar a arma e empurrar a porra do cano contra seu crânio, aquele que tinha sido raspado a maior parte de sua vida para que todo filho da puta soubesse a quais "pessoas" ele pertencia. E quais "pessoas", pessoas como eu, ele viveu para destruir.

— Você está bem, irmão? — Tank estreitou os olhos enquanto eu olhava para um de seus melhores amigos. Ao contrário de Tank, Tanner ainda ostentava suas tatuagens da Klan. Suásticas, o número oitenta e oito para *"Heil Hitler"*, tatuagens celtas do orgulho branco e qualquer outra merda que um filho da puta racista pudesse pensar.

— *Ça va?* — rosnei, respondendo em francês cajun para não dizer exatamente o que queria.

Forcei um sorriso tenso para os dois ex-skinheads, mas meu coração

---

2   *Ça va* (francês) – tudo bem.

TRÍADE SOMBRIA                                                                              81 bateu forte no peito e minha mão tremia ao meu lado. Eu era a porra de uma bomba-relógio em torno de qualquer sinal da Klan. Condicionado a sentir um ódio tão forte que me controlava sempre que estavam por perto.

Tank e Tanner caminharam ao meu lado enquanto eu mantinha minha cabeça baixa e ia em direção à *church*.

— Você fez uma boa corrida? — Tanner perguntou, tentando conversar.

Mantive meus malditos olhos focados em frente. Assenti com a cabeça, mas não disse nada. Eu não tinha tempo para o Príncipe tentar conversar com um "mestiço", um "vira-lata" ou qualquer um dos outros nomes que foram lançados sobre mim por causa da sua maldita espécie.

Me sentei na *church*. Styx e Ky ocuparam os primeiros lugares. Quando a porta se fechou e os recrutas — Lil' Ash, Zane e Slash — trouxeram as bebidas, Ky começou a falar.

— Minha irmã vai ficar com a gente por um tempo. — Styx se recostou e deixou seu VP falar. Ky enfiou a mão no bolso e jogou uma foto Polaroid na mesa. Fiquei olhando para a imagem de uma única rosa negra deitada em uma cama. — Um tempo atrás, contei a vocês sobre Garcia.

— O idiota do México — AK acrescentou. Eu podia ouvir o veneno em sua voz. O bastardo estava a dois minutos de levar sua cadela e filha para o México para vender como escravas.

— Sim, o próprio. — Ky cerrou os punhos. Esse Garcia quase pegou a filha de Ky também. — Eu disse que ele tinha uma história com a minha irmã. Agora essa história está se repetindo.

Styx se inclinou para frente e ergueu as mãos, e Ky traduziu:

— *Os Diablos nos avisaram sobre Garcia farejar na nossa direção. Isso vocês sabem. Mas Chávez, o prez dos Diablos, nos ligou hoje para dizer que ele enviou homens ao Texas para encontrar Sia. Pelo que ele sabe, ela está morando na porra da Austrália. Mas estamos aqui e ele vai começar por nós.*

— Por que diabos você a trouxe pra cá se ele vai olhar aqui primeiro? Não me parece muito inteligente — comentei.

Os olhos de Ky focaram nos meus e ele se inclinou para frente.

— Bem, *mon frère*, eu... não, *nós* podemos protegê-la melhor aqui. Onde ela estava morando, se ele a encontrasse, poderia chegar até ela sem que ninguém percebesse que estava de volta. — Ky cerrou os dentes. — E se ele a pegasse novamente... se ele a tocasse de novo... — Ficou em silêncio, então se levantou e saiu furioso da sala.

Franzi o cenho com a sua saída abrupta. O irmão era um cabeça quente, mas normalmente não ficava fora de controle.

Styx acenou com a cabeça para AK traduzir sua língua de sinais. AK leu as mãos de Styx e disse:

— *Vamos patrulhar o complexo em turnos. Estou em contato com os Diablos caso consigam mais informações. Tanner.* — Styx olhou na direção dele. — *Precisamos de você no computador, fazendo o que diabos você faz lá para ver o que o filho da puta está fazendo.*

— Entendido, *Prez* — respondeu. — Vou ver o que posso encontrar. Mas devo dizer que, na última vez em que olhei as coisas do cartel, eles eram rígidos.

Cowboy deve ter sentido minha perna balançando para cima e para baixo, porque discretamente deslizou a mão na minha coxa por baixo da mesa. Fiz uma pausa ao sentir sua mão e deixei que isso me impedisse de perder a cabeça. Fechei os olhos e respirei profundamente, inspirando e expirando. Eu me concentrei em acalmar meu coração acelerado. Em de-sacelerar meu pulso.

Quando abri os olhos, olhei para o Cowboy, assentindo com a cabeça para que ele soubesse que eu estava calmo. Viking estava nos observando do outro lado da mesa. Ele arqueou as sobrancelhas, fazendo um movi-mento idiota de beijo com a boca, mas, como de costume com o irmão, sua atenção ficou sobre nós por três segundos antes que algo mais entrasse em sua cabeça.

— *Prez?* — Vike chamou, e os olhos castanhos de Styx se fixaram no secretário do clube. — Alguém pode querer saber...

— Não se preocupe, Vike — AK intrometeu, claramente antecipando que tudo o que Vike ia dizer seria ruim.

Vike o ignorou.

— Alguém pode querer saber quais regras se aplicam à irmã do Ky. — Ele levantou as mãos. — Você conhece as regras: a boceta está na sede do clube sem a reclamação de um irmão e ela está livre para qualquer pau do Hangmen.

Eu senti Cowboy ficar tão tenso quanto eu. E como se ele soubesse que o meu sangue estava começando a ferver com o pensamento de Sia sendo uma boceta livre, sua mão estava de volta na minha perna, me agar-rando com mais força desta vez. Abri minha boca para dizer algo, mas Styx quebrou sua estranha quietude e se inclinou para frente.

AK pigarreou e então traduziu:

— *Me ouça com muita atenção.* — Vike assentiu com a cabeça, claramente alheio à porra da raiva congelante por trás das palavras de Styx enquanto saíam calmamente da boca de AK. — *Se você chegar perto de Sia.* — Styx olhou ao redor da mesa para cada um dos irmãos, incluindo eu e Cowboy. — *Se qualquer um de vocês tocar em um fio de cabelo em sua cabeça, vou levá-los até o celeiro e fazer com vocês o que teríamos feito com Rider naquela noite, meses atrás.* — Seus lábios se apertaram. — *Vou arrancar a carne do seu corpo até que você*

TRÍADE SOMBRIA

*grite, então vou matá-lo tão lentamente que logo estará desejando a morte.* — Naquele momento, eu sabia por que Styx era a melhor escolha para ser a presidente dos Hangmen. Não apenas porque era sua herança, mas porque não havia nenhuma parte de mim que duvidasse do que ele estava dizendo, e que o filho da puta iria cumprir a ameaça sem sequer piscar. — *Ela é minha irmã tanto quanto é de Ky. Enfiem isso na porra de suas malditas cabeças.*

A sala ficou em silêncio quando AK terminou de falar. Até que Vike disse:

— Então, só para esclarecer, isso é um não para ela ser uma boceta livre?

AK agarrou Viking pelo *cut*, puxou o irmão da cadeira e o arrastou para fora da *church* antes que Styx pudesse atirar no filho da puta bem onde ele estava sentado. Flame o seguiu. Styx bateu com o martelo na mesa.

Todo mundo foi embora.

Cowboy segurou minha perna até a sala ficar vazia.

— Você está bem, mon ami[3]? — perguntou, observando meu rosto.

Esfreguei as mãos nas bochechas, sentindo o calor da minha pele.

— Oui[4].

— Podemos ir para casa ou precisamos ficar por aqui por um tempo?

— Vamos ficar. Não quero dirigir ainda. — Olhei para minha mão; ainda estava tremendo.

Cowboy assentiu com a cabeça e me seguiu pelo corredor até o bar.

— O que você acha? — ele quase sussurrou.

— Sobre Garcia?

Ele me parou com a mão no meu braço e verificou se não havia ninguém por perto. Estava tudo vazio. Encontrando meus olhos, ele falou em francês cajun fluente para esconder suas palavras.

— Sobre a irmã dele. Sobre ela estar aqui. — Ele cruzou os braços sobre o peito. — Não finja que não se importa. Eu vi sua reação lá dentro.

Eu me virei e continuei até o bar.

— Não tenho nenhuma opinião sobre o assunto.

Cowboy suspirou, mas correu para me alcançar. Pegamos uma mesa e eu pedi água e ele, uma cerveja. Smiler estava no bar, conversando com Lil' Ash e Slash atrás dele.

— Eu ia matá-lo se ele não calasse a boca — Cowboy afirmou, novamente em francês cajun, acenando para Viking enquanto caminhava atrás de AK.

Fechei os olhos e desejei que ele simplesmente deixasse essa conversa

---

3    Mon ami (francês) – meu amigo.

4    Oui (francês) – sim.

de lado. Os dedos de Cowboy envolveram meu braço e abri os olhos para encontrar seu rosto irritado.

— Porra, não me ignore, Val — avisou, usando meu nome verdadeiro. Bem, meu verdadeiro apelido, pelo menos. Cowboy ia dizer mais alguma coisa, mas, em vez disso, desviou dos meus olhos e focou na entrada do clube. Meu olhar seguiu o dele e pousou em um par de pernas longas e esguias. Segui o caminho de seu corpo até seus longos cabelos loiros e olhos azuis.

Sia.

O aperto do Cowboy aumentou, até que puxei meu braço para trás e tomei outro gole da bebida. Mas, como a porra de um ímã, meus olhos foram atraídos para ela. Sia, com toda a confiança que seu irmão possuía, caminhou até o bar.

— Lil' Ash, não é? — perguntou. Ash sorriu sem jeito e assentiu com a cabeça. — Me vê um uísque e uma água, querido?

— Sim, senhora.

A bota de cowboy de Sia bateu no chão de madeira, mantendo o ritmo de qualquer música caipira que estivesse tocando. Lil' Ash lhe deu a bebida e ela se virou. Eu me mexi na cadeira enquanto seus olhos entediados percorriam o bar... antes de pousar em mim e em Cowboy. Um lento sorriso apareceu em seus lábios; ela se afastou do balcão e se dirigiu para nós.

Cowboy se recostou na cadeira e chutou minha perna por baixo da mesa. Ele tocou em seu Stetson quando ela parou na nossa frente.

— *Cher*[5] — ele cumprimentou, seu sotaque forte para o prazer dela. O rosto de Sia se iluminou. Isso nunca falhava.

— Querido — ela falou lentamente em resposta, ganhando a porra de um sorriso do meu melhor amigo. O filho da puta estava apaixonado por essa cadela. — Posso sentar com vocês?

— Claro — Cowboy concordou.

Ao mesmo tempo, terminei o que restava da minha água e anunciei:

— Estamos indo.

Cowboy olhou para mim e vi outro lampejo de aborrecimento — desta vez maior — iluminar seus olhos.

— Podemos esperar um pouco para tomar uma bebida com uma linda senhorita, Hush. Pare de ser tão filho da puta.

Segurei o copo de água vazio com mais força. Olhei para o rosto confuso de Sia, mas então dei a ela um sorriso tenso e murmurei:

— Claro.

— Eu posso ir, se você quiser. Eu...

Cowboy chutou a cadeira à nossa frente.

---

5    Cher (francês) – cara(o).

# TRÍADE SOMBRIA

— Sente sua bunda sexy, *cher*. Tome uma bebida com seus amigos cajuns. Hush acabou de menstruar, então está se sentindo uma merda e todo emocional.

Sia sentou na cadeira, rindo sem jeito da piada de Cowboy. Ela tomou um grande gole de sua bebida e disse:

— Você não está bebendo, Hush? Isso é água, certo? Está se sentindo bem? — Ela riu.

Eu me senti um saco de bosta com o quão nervosa ela ficou de repente perto de mim. Sempre fui bom com ela. Sia deve ter ficado confusa com a minha mudança repentina de personalidade.

Mas era assim que tinha que ser.

— Não bebo muito — respondi friamente.

Cowboy fez uma careta para mim novamente; pude sentir. Nem precisei procurar uma confirmação. Eu, sem dúvida, teria que escutar a porra de uma palestra mais tarde.

— Ele pode não beber muito, mas eu bebo — Cowboy replicou, ganhando um grande sorriso de Sia. — Agora me diga — perguntou, enquanto se inclinava para perto —, como estão aquelas éguas?

— Bem. — Ela olhou para o conteúdo de seu copo. Seu sorriso sumiu e ela acrescentou, baixinho: — Não tenho certeza de quando voltarei para o meu rancho. — Terminou o resto de seu uísque e gesticulou para que Lil' Ash lhe mandasse outro.

A tristeza em sua voz me fez levantar os olhos da mesa.

— Sim. É uma merda você ter que estar aqui, *cher* — Cowboy concordou. Ele estendeu a mão para apertar a dela... em seguida, apenas a deixou lá. Seus olhos se ergueram para encontrar os dele. Suas bochechas ficaram rosadas. Cowboy deu a ela um de seus sorrisos de ímã de boceta.

Eu me levantei.

— Estou indo para casa.

Sia puxou de volta a mão da de Cowboy. Meu coração estava disparado novamente. Peguei as chaves em meu *cut* e saí do bar. Eu mal consegui subir na moto antes de Cowboy subir em sua Chopper ao meu lado.

— Mas que merda está acontecendo com você?

Eu não respondi; em vez disso, saí do clube e peguei a estrada. Quando estacionei em nossa casa, fui direto para a cozinha e bebi um copo grande de água. Cowboy veio atrás de mim, parando alguns metros atrás. Eu me virei e encontrei seus olhos.

— O quê?

— Que porra foi tudo isso?

— Só cansado. Vou para a cama.

Afastei-me, mas Cowboy agarrou meu braço.

— Você está se sentindo bem? Está com febre ou algo assim?

Encolhi os ombros e escapei do seu aperto.

— *Ça va.* — *Tudo bem.*

Cowboy suspirou, mas sustentou meu olhar por uma fração de segundo a mais. Assentindo com a cabeça, ele disse:

— *Ça c'est bon.* — *Isso é bom.*

Fui para longe dele, em direção ao meu quarto.

— Você estava frio esta noite, *mon frère.*

Eu parei, mas não me virei.

— Ela gosta de você. E você a fez se sentir uma merda. Dava de ver no rosto dela. De verdade, você foi rude pra caralho. — Cowboy suspirou. — Voltamos à isso? Você está pressionando o botão de autodestruição de novo?

Fiquei em silêncio por três tensos segundos, querendo dizer mais do que conseguia.

— É o melhor e você sabe disso.

Cowboy não me seguiu quando fechei a porta do quarto. Sentei na beirada da cama e passei as mãos pelo rosto.

— *Merde* — sussurrei e deitei. Ouvi Cowboy andando pela casa, ainda irritado comigo.

E porra, eu estava irritado comigo mesmo.

Tentei dormir. Mas, de olhos abertos ou fechados, eu não conseguia tirar a imagem do sorriso tenso de Sia da cabeça.

Sim, eu fui um filho da puta frio com ela. Eu sabia. Essa foi a minha intenção.

Mas quando me inclinei e abri a gaveta de cabeceira para olhar a fotografia que estava ali dentro, eu sabia que tinha que ser. A verdade é que eu gostava dessa cadela. Mas isso só poderia terminar de uma maneira...

Em uma bagunça do caralho.

A cadela valia mais do que tudo que eu tinha e era.

TRÍADE SOMBRIA

A The Gift Box é uma editora brasileira, com publicações de autores nacionais e estrangeiros, que surgiu no mercado em janeiro de 2018. Nossos livros estão sempre entre os mais vendidos da Amazon e já receberam diversos destaques em blogs literários e na própria Amazon.

Somos uma empresa jovem, cheia de energia e paixão pela literatura de romance e queremos incentivar cada vez mais a leitura e o crescimento de nossos autores e parceiros.

Acompanhe a The Gift Box nas redes sociais para ficar por dentro de todas as novidades.

 www.thegiftboxbr.com

 /thegiftboxbr.com

 @thegiftboxbr

 @thegiftboxbr